# 卞尺丹几乙し丹卞と

## Translated Language Learning

# Alices Abenteuer im Wunderland

# Приключения Алисы в Стране чудес

## Lewis Carroll

## Льюис Кэрролл

## Deutsch / Русский

## Runter in den Kaninchenbau
### Вниз по кроличьей норе

**Alice fing an, sehr müde zu werden**

Алиса начинала сильно уставать

**Sie saß neben ihrer Schwester auf der Grasbank**

Она сидела рядом с сестрой на лужайке

**aber sie hatte nichts zu tun**

Но делать ей было нечего

**Ihre Schwester las ein Buch**

Ее сестра читала книгу

**Ein- oder zweimal schaute Alice in das Buch**

раз или два Алиса заглядывала в книгу

**aber das Buch enthielt keine Bilder oder Gespräche**

Но в книге не было ни картинок, ни разговоров

**"Was nützt ein Buch ohne Bilder?", dachte Alice**

"Что толку от книги без картинок?" - думала Алиса

**"Warum sollte ein Buch keine Gespräche führen?"**

«Почему в книге нет разговоров?»

**Aber sie hatte noch andere Dinge zu bedenken**

Но у нее были и другие заботы

**"Es wäre ein Vergnügen, eine Kette aus Gänseblümchen zu machen"**

«Сделать цепочку из ромашек было бы удовольствием»

**"Aber lohnt es sich, aufzustehen und die Gänseblümchen zu pflücken??"**

«Но стоит ли это усилий, чтобы встать и собрать ромашки??»

**Das war nicht so leicht zu denken**

Об этом было не так просто подумать

**weil sie sich an diesem Tag schläfrig und dumm fühlte**

Потому что этот день заставлял ее чувствовать себя сонной и глупой

**aber plötzlich wurden ihre Gedanken unterbrochen**

Но внезапно ее мысли прервались

**ein weißes Kaninchen mit rosa Augen lief dicht an ihr vorbei**

рядом с ней пробежал Белый Кролик с розовыми глазами

**Es war nichts übermäßig Bemerkenswertes an dem Kaninchen**

В кролике не было ничего особенного

**und Alice fand das Kaninchen auch nicht bemerkenswert**

и Алиса тоже не считала кролика примечательным

**auch überraschte es sie nicht, als das Kaninchen sprach**

и она не удивилась, когда Кролик заговорил

**»O je! Ich werde zu spät kommen!« sagte er zu sich selbst**

«О боже! Я опоздаю!» — сказал он себе

**aber dann tat das Kaninchen etwas, was Kaninchen nicht tun**

но потом Кролик сделал то, чего не делали кролики

**das Kaninchen zog eine Uhr aus der Westentasche**

Кролик вынул часы из жилетного кармана

**Er schaute auf die Uhr und eilte dann weiter**

Он посмотрел на время и поспешил дальше

**Alice erhob sich erstaunt**

Алиса в изумлении вскочила на ноги

**Sie hatte noch nie zuvor ein Kaninchen mit Weste gesehen!**

Она никогда раньше не видела кролика в жилете!

**noch hatte sie je ein Kaninchen mit einer Uhr gesehen!**

и она никогда не видела кролика с часами!

**Alice brannte vor neuer Neugierde**

Алиса горела новым любопытством

**und sie rannte über das Feld hinter dem Kaninchen her**

и она побежала через поле за Кроликом

**Sie kam gerade noch rechtzeitig, um das Kaninchen verschwinden zu sehen**

Она как раз успела увидеть, как кролик исчезает

**Das Kaninchen hüpfte in einen großen Kaninchenbau hinab**

Кролик спрыгнул в большую кроличью нору

**Im nächsten Augenblick stürzte Alice hinter dem Kaninchen her!**

Еще мгновение Алиса спустилась вниз за кроликом!

**Der Kaninchenbau ging geradeaus wie ein Tunnel**

Кроличья нора шла прямо, как туннель

**und der Tunnel ging noch eine Weile weiter**

И туннель продолжал идти на некоторое расстояние
**und dann senkte sich der Weg plötzlich hinunter**
И тут тропинка внезапно опустилась вниз
**Alice hatte keinen Augenblick, daran zu denken, ob sie sich zurückhalten sollte**
У Алисы не было ни минуты для того, чтобы остановить себя
**Sie fiel hin und hinunter und hinunter**
Она обнаружила, что падает вниз, вниз и вниз
**Es schien, als sei sie in einen sehr tiefen Brunnen gefallen**
Казалось, что она упала в очень глубокий колодец
**Entweder war der Brunnen sehr tief, oder sie fiel sehr langsam**
То ли колодец был очень глубоким, то ли она падала очень медленно
**denn sie hatte viel Zeit zum Fallen**
Потому что у нее было много времени, чтобы упасть
**Als sie fiel, konnte sie sich umsehen**
Когда она падала, она могла смотреть вокруг себя
**Zuerst versuchte sie herauszufinden, wohin sie ging**
Сначала она попыталась разобрать, куда идет
**aber der Brunnen war zu dunkel, um etwas zu sehen**
Но колодец был слишком темным, чтобы что-то разглядеть
**Dann blickte sie auf die Seiten des Brunnens**
Затем она посмотрела на стенки колодца
**Und sie bemerkte, dass überall um sie herum Schränke standen**
И она заметила, что вокруг нее стоят шкафы
**und rings um den Brunnen waren Bücherregale**
А вокруг колодца стояли книжные полки
**Hier und da sah sie Karten und Bilder, die an Pflöcken hingen**
То тут, то там она видела карты и картины, висящие на колышках
**Im Vorbeigehen nahm sie ein Glas aus einem der Regale**
Проходя мимо, она сняла банку с одной из полок

**Das Glas wurde für seinen Inhalt gekennzeichnet**

На банку была нанесена маркировка по содержимому

**"MARMELADE AUS ORANGEN"**

"МАРМЕЛАД ИЗ АПЕЛЬСИНОВ"

**Aber zu ihrer großen Enttäuschung war das Marmeladenglas leer**

Но, к ее великому разочарованию, банка с мармеладом была пуста

**Sie wollte das leere Marmeladenglas nicht fallen lassen**

Она не хотела ронять пустую банку из-под мармелада

**und ihr Fall war sehr langsam**

и падение у нее было очень медленным

**So schaffte sie es, das Marmeladenglas in einen der Schränke zu stellen**

Поэтому ей удалось положить баночку с мармеладом в один из шкафов

**Nieder, hinunter, hinunter fiel sie!**

Вниз, вниз, вниз она падает!

**Würde der Fall jemals ein Ende haben?**

Закончится ли когда-нибудь падение?

**Es gab nichts anderes zu tun**

Делать было нечего

**so fing Alice bald an, mit sich selbst zu reden**

поэтому Алиса вскоре начала разговаривать сама с собой

**»Dinah wird mich heute abend sehr vermissen, sollte ich meinen!«**

— Думаю, Дина будет очень скучать по мне сегодня вечером!

**Dinah war Alices Katze**

Дина была кошкой Алисы

**»Ich hoffe, sie werden sich an ihre Untertasse mit Milch zur Teezeit erinnern.«**

«Надеюсь, они вспомнят ее блюдце с молоком во время чаепития»

**»Dinah, meine Liebe, ich wünschte, du wärst hier unten bei mir!«**

— Дина, моя дорогая, как бы я хотела, чтобы ты была здесь

со мной!

**Alice fühlte, als würde sie einschlafen**

Алиса почувствовала, что задремлет

**Und dann plötzlich, dumpf! Bums!**

И тут вдруг, бах! бухать!

**Sie fiel auf einen Haufen Stöcke**

Она упала вниз на кучу палок

**und sie landete auf einem Haufen trockener Blätter**

И она приземлилась на кучу сухих листьев

**Und endlich war der lange Sturz in das Loch vorbei**

И, наконец, долгое падение в яму закончилось

**Alice war kein bisschen verletzt**

Алиса ничуть не обиделась

**und sie sprang in einem Augenblick auf**

И она вскочила в мгновение ока

**Sie blickte auf, aber es war alles dunkel über ihr**

Она подняла глаза, но над головой было темно

**Vor ihr lag ein weiterer langer Korridor**

Перед ней был еще один длинный коридор

**und das weiße Kaninchen war noch in Sicht**

а Белый Кролик все еще был в поле зрения

**Er eilte den Korridor hinunter**

Он спешил по коридору

**Es war kein Augenblick zu verlieren**

Нельзя было терять ни минуты

**davonlief Alice wie der Wind**

Алиса побежала, как ветер

**um die Ecke drehte sich das Kaninchen**

За углом обернулся кролик

**Sie kam gerade noch rechtzeitig, um das Kaninchen zu hören**

Она как раз успела услышать крик кролика

**"Oh, meine Ohren und Schnurrhaare"**

«О, мои уши и усы»

**"Wie spät es wird!"**

«Как уже поздно!»

**Sie war dicht hinter dem Kaninchen**

Она была близко позади кролика

**Sie bog um eine weitere Ecke**

Она завернула за другой угол

**aber das Kaninchen war nicht mehr zu sehen**

но Кролика больше не было видно

**Sie befand sich in einer langen, niedrigen Halle**

Она очутилась в длинном низком зале

**Der Saal wurde von einer Reihe von Deckenlampen erleuchtet**

Зал освещался рядом потолочных светильников

**Überall im Saal gab es Türen**

По всему залу были двери

**aber alle Türen waren verschlossen**

но все двери были заперты

**Sie ging den ganzen Weg an der einen Seite des Flurs hinunter**

Она прошла весь путь по одной стороне зала

**Und sie war den ganzen Weg auf der anderen Seite des Flurs hinaufgegegangen**

и она прошла весь путь вверх по другой стороне зала

**Sie hatte jede Tür ausprobiert**

Она перепробовала каждую дверь

**Und sie ging traurig in der Mitte des Saales entlang**

И она грустно пошла по середине зала

**"Wie komme ich da mal wieder raus?"**

«Как я когда-нибудь выйду из дома?»

**Plötzlich stieß sie auf einen kleinen Tisch**

Вдруг она наткнулась на маленький столик

**Der Tisch wurde komplett aus massivem Glas gefertigt**

Стол был полностью изготовлен из цельного стекла

**Auf dem Tisch lag nichts als ein winziger goldener Schlüssel**

На столе не было ничего, кроме крошечного золотого ключика

**Der Schlüssel könnte zu einer der Türen gehören!**

Ключ может принадлежать одной из дверей!

**Aber ach! Einige der Schlösser waren zu groß für die Schlüssel**

Но, увы! Некоторые замки были слишком велики для ключей

**und für die anderen Schlösser war der Schlüssel zu klein**

а для других замков ключ был слишком мал

**aber auf jeden Fall öffnete der Schlüssel keine der Türen**

Но, во всяком случае, ключ не открывал ни одной из
дверей
**Aber was sollte sie tun?**
Но что ей было делать?
**Sie ging wieder durch den Saal**
Она снова прошла по залу
**Und diesmal bemerkte sie einen niedrigen Vorhang**
И на этот раз она обратила внимание на низкую занавеску
**Hinter dem Vorhang war eine kleine Tür**
За занавеской была маленькая дверца
**Die Tür war etwa fünfzehn Zoll hoch**
Дверь была около пятнадцати дюймов в высоту
**Sie probierte den kleinen goldenen Schlüssel im Schloss aus**
Она попробовала маленький золотой ключик в замке
**Und zu ihrer großen Freude passte der Schlüssel ins Schloss!**
И, к ее великому удовольствию, ключ подошел к замку!
**Alice öffnete die Tür**
Алиса открыла дверь
**und sie fand, daß die Tür in einen kleinen Korridor führte**
и она обнаружила, что дверь ведет в небольшой коридор
**Der Korridor war nicht viel größer als ein Rattenloch**
Коридор был не больше крысиной норы
**Sie kniete nieder und blickte den Korridor entlang**
Она опустилась на колени и посмотрела по коридору
**Und sie sah den schönsten Garten, den du je gesehen hast**
И она увидела самый прекрасный сад, который ты когда-
либо видел
**wie sehr sie sich danach sehnte, aus dieser dunklen Halle
herauszukommen**
Как ей хотелось выбраться из этого темного зала
**wie sie sich wünschte, zwischen diesen leuchtenden Blumen
zu wandern**
Как ей хотелось побродить среди этих ярких цветов
**Wie cool die Erfrischung dieser Brunnen aussah**
Как круто освежающие выглядели эти фонтаны
**aber sie konnte nicht einmal ihren Kopf durch die Tür
stecken**

Но она даже не могла просунуть голову в дверной проем
»Oh,« sagte Alice traurig
-- О-о, -- печально сказала Алиса
»wie sehr wünschte ich, ich könnte mich zusammenfalten
wie ein Fernrohr!«
«Как бы мне хотелось сложиться, как телескоп!»
"Ich glaube, ich könnte mich zusammenfalten wie ein
Teleskop"
«Думаю, я мог бы сложиться, как телескоп»
"Wenn ich nur wüsste, wie ich anfangen sollte"
«Если бы я только знал, с чего начать»
Alice ging zurück an den Tisch
Алиса вернулась к столу
Es bestand die Möglichkeit, einen weiteren Schlüssel zu
finden
Был шанс найти еще один ключ
Oder es gibt ein Buch mit Regeln
Или может быть книга правил
Das Buch könnte ihr sagen, wie man sich wie ein Teleskop
zusammenfaltet
Книга могла бы рассказать ей, как складываться, как в
телескоп
Diesmal fand sie ein Fläschchen
На этот раз она нашла маленькую бутылочку
"Diese Flasche war gewiß vorher nicht hier," sagte Alice
— Этой бутылки здесь точно не было, — сказала Алиса
Und um den Flaschenhals war ein Papieretikett gebunden
А вокруг горлышка бутылки была завязана бумажная
этикетка
Das Etikett war wunderschön in großen Buchstaben
gedruckt
Этикетка была красиво напечатана крупными буквами
"TRINK MICH"
«ВЫПЕЙ МЕНЯ»
»Nein, ich werde erst nachsehen«, sagte sie
«Нет, я сначала посмотрю», — сказала она
"Ich werde sehen, ob die Flasche als giftig gekennzeichnet

ist oder nicht."

«Я посмотрю, помечена ли бутылка как ядовитая или нет».

weil sie die Lektion über das Gift nie vergessen hat

Потому что она никогда не забывала урок о яде

"Wenn eine Flasche als giftig gekennzeichnet ist, wird sie
Ihnen bestimmt nicht zustimmen"

«Если бутылка помечена как ядовитая, она обязательно с
вами не согласится»

Diese Flasche war jedoch nicht als giftig gekennzeichnet

Однако эта бутылка не была помечена как ядовитая

so wagte Alice es, den Inhalt der Flasche zu kosten

поэтому Алиса отважилась попробовать содержимое
бутылки

Sie fand die Flüssigkeit ganz nach ihrem Geschmack

Она обнаружила, что жидкость ей вполне по душе

Das Getränk hatte einen gemischten Geschmack

Напиток имел своего рода смешанный вкус

Kirschkuchen, Vanillepudding und Ananas

вишневый пирог, заварной крем и ананас

Gebratener Truthahn, Toffee und Toast mit heißer Butter

Жареная индейка, ириски и тосты с горячим сливочным
маслом

und bald trank sie die Flasche aus

И вскоре она допила бутылку

"Was für ein merkwürdiges Gefühl!" sagte Alice

- Какое любопытное чувство, - сказала Алиса

"Ich klappe mich zusammen wie ein Teleskop!"

«Я складываюсь, как телескоп!»

Und sie faltete sich tatsächlich zusammen wie ein Teleskop!

И она действительно складывалась, как телескоп!

Sie war jetzt nur noch zehn Zentimeter groß

Теперь она была всего десять дюймов в высоту

und ihr Gesicht erhellte sich bei ihren Gedanken

и лицо ее просветлело от ее мыслей

Jetzt hatte sie die richtige Größe für das Türchen

Теперь она была подходящего размера для маленькой
дверцы

**Jetzt konnte sie in diesen schönen Garten gehen**

Теперь она могла пойти в этот прекрасный сад

**Bald hörte sie auf, kleiner zu werden**

Вскоре она перестала становиться меньше

**Sie beschloß, sofort in den Garten zu gehen**

Она решила немедленно отправиться в сад

**aber wehe der armen Alice!**

но, увы бедной Алисе!

**Sie kam zur Tür**

Она добралась до двери

**Aber sie hatte den kleinen goldenen Schlüssel vergessen**

Но она забыла маленький золотой ключик

**Sie ging zurück zum Tisch, um den Schlüssel zu holen**

Она вернулась к столу за ключом

**aber sie merkte, daß sie nicht hoch genug greifen konnte**

Но она обнаружила, что не может подняться достаточно высоко

**Sie konnte den Schlüssel ganz deutlich durch das Glas sehen**

Через стекло она могла ясно видеть ключ

**Sie versuchte, die Beine des Tisches hinaufzuklettern**

Она попыталась забраться на ножки стола

**Aber das Glas war viel zu rutschig**

Но стекло было слишком скользким

**Irgendwann erschöpfte sie sich mit dem Versuch**

В конце концов она утомила себя попытками

**Und das arme kleine Mädchen setzte sich hin und weinte**

А бедная девочка села и заплакала

**Alice sprach ziemlich scharf mit sich selbst**

Алиса говорила сама с собой довольно резко

**"Komm, es hat keinen Zweck, so zu weinen!"**

— Ну, нечего так плакать!

**"Ich rate dir, gleich aufzuhören!"**

«Я советую вам остановиться прямо сейчас!»

**Sie gab sich im Allgemeinen sehr gute Ratschläge**

Она вообще давала себе очень хорошие советы

**obwohl sie nur sehr selten ihren eigenen Rat befolgte**

хотя она очень редко следовала своим собственным
советам
**und sie war manchmal zu streng mit sich selbst**
и иногда она была слишком сурова к себе
**und ihre Worte trieben ihr Tränen in die Augen**
и ее слова вызвали слезы на ее глазах
**Bald fiel ihr Blick auf einen kleinen Glaskasten**
Вскоре ее взгляд упал на маленькую стеклянную
коробочку
**Der kleine Glaskasten lag unter dem Tisch**
Маленькая стеклянная коробочка лежала под столом
**In dem Glaskasten befand sich ein sehr kleiner Kuchen**
В стеклянной коробке лежал очень маленький торт
**Auf dem Kuchen waren einige Worte schön geschrieben**
На торте были красиво написаны некоторые слова
**die Worte waren in Johannisbeeren markiert worden**
Эти слова были помечены смородиной
**"MICH ESSEN"**
«СЪЕШЬ МЕНЯ»
**"Nun, ich werde den Kuchen essen," sagte Alice**
-- Ну, я съем торт, -- сказала Алиса
**"Und wenn mich der Kuchen größer werden lässt, kann ich
den Schlüssel erreichen"**
«И если торт заставит меня вырасти больше, я смогу
добраться до ключа»
**"Und wenn mich der Kuchen kleiner werden lässt, kann ich
unter die Tür kriechen"**
"И если торт заставит меня стать меньше, я могу пролезть
под дверь"
**"Also so oder so komme ich in den Garten"**
«Так что в любом случае я пойду в сад»
**"Und es ist mir egal, was von beidem passiert!"**
— И мне все равно, что из этого произойдет!
**Sie aß ein wenig von dem Kuchen**
Она съела немного торта
**und sie sprach ängstlich zu sich selbst:**
И она с тревогой говорила про себя:

"In welche Richtung? In welche Richtung?"
— В какую сторону? В какую сторону?
und sie hielt die Hand auf den Kopf
и она держала руку на голове
Sie wollte spüren, in welche Richtung sie wuchs
Она хотела почувствовать, в каком направлении она растет
Sie war ganz überrascht, als sie erfuhr, was geschehen war
Она была весьма удивлена, узнав, что произошло
Sie war gleich groß geblieben!
Она осталась того же размера!
Also verdoppelte sie dieses Mal ihre Bemühungen
Так что на этот раз она удвоила свои усилия
Und bald war der ganze Kuchen fertig
И вскоре она доела весь торт

## Der Pool der Tränen
Лужа слез

**"Das wird immer interessanter!" rief Alice**

"Это становится все интереснее и интереснее!" - воскликнула Алиса

**Man kann sehen, dass sie sehr überrascht war**

Вы можете видеть, что она была очень удивлена

**"Ich öffne mich wie das größte Teleskop, das es je gab!"**

«Я открываюсь, как самый большой телескоп, который когда-либо был!»

**»Auf Wiedersehen, Füße! Oh, meine armen kleinen Füße"**

— До свидания, ноги! О, мои бедные маленькие ножки!»

**"Ich frage mich, wer euch jetzt die Schuhe anziehen wird, meine Lieben?"**

— Интересно, кто теперь наденет для вас туфли, дорогие?

**»und ich frage mich, wer Ihre Strümpfe anziehen wird?«**

— А интересно, кто наденет твои чулки?

**"Ich werde viel zu weit weg sein"**

«Я буду слишком далеко»

**"Ich werde mich nicht mehr um dich kümmern können"**

«Я больше не смогу беспокоиться о тебе»

**In diesem Augenblick schlug ihr Kopf gegen etwas**

Как раз в этот момент ее голова ударилась обо что-то

**Sie hatte das Dach des Saales erreicht**

Она добралась до крыши зала

**Tatsächlich war sie jetzt mehr als zwei Meter groß**

На самом деле ее рост был уже более двух метров

**und sie ergriff sogleich den kleinen goldenen Schlüssel**

И она тотчас же взяла маленький золотой ключик

**und sie eilte zur Gartentür**

И она поспешила к садовой двери

**Arme Alice! Es gab nicht viel, was sie tun konnte**

Бедная Алиса! Она мало что могла сделать

**Sie legte sich auf die Seite**

она легла на бок

**Und sie blickte mit einem Auge in den Garten hinein**

и она смотрела в сад одним глазом

**Aber durchzukommen war hoffnungsloser denn je**

Но прорваться было как никогда безнадежно

**Sie setzte sich und fing wieder an zu weinen**

Она села и снова заплакала

**Sie fuhr fort, literweise Tränen zu vergießen**

Она продолжала проливать галлоны слез

**Bald war ein großer Pool um sie herum**

Вскоре вокруг нее образовался большой бассейн

**und das Wasser reichte bis zur Hälfte des Flurs**

и вода доходила до половины коридора

**Nach einer Weile hörte sie ein leises Getrappel von Füßen**

Через некоторое время она услышала легкий топот ног

**Sie hörte die Füße aus der Ferne kommen**

Она слышала издалека шаги

**Und sie trocknete sich hastig die Augen, um zu sehen, was kommen würde**

и она поспешно вытерла глаза, чтобы увидеть, что произойдет

**Es war das weiße Kaninchen, das zurückkehrte**

Это было возвращение Белого Кролика

**Er war prächtig gekleidet**

Он был великолепно одет

**Er hatte ein Paar weiße Handschuhe in der einen Hand**

В одной руке у него была пара белых перчаток

**Und in der anderen Hand hatte er einen großen Federfächer**

а в другой руке у него был большой веер из перьев

**Er kam in großer Eile dahergetrabt**

Он бежал рысью в большой спешке

**und er murmelte vor sich hin: »Ach! die Herzogin, die Herzogin!«**

и он пробормотал про себя: «О! Герцогиня, герцогиня!

**»Ach! wird sie nicht wild sein, wenn ich sie habe warten lassen?«**

— О! Не будет ли она дикой, если я заставлю ее ждать!

**Als das Kaninchen in ihre Nähe kam, sprach Alice**
Когда Кролик подошел к ней, Алиса заговорила
**aber sie sprach mit leiser, schüchterner Stimme**
но она говорила тихим, робким голосом
**"Sir, bitte hören Sie für einen Moment auf, was Sie tun"**
«Сэр, пожалуйста, прекратите то, что вы делаете, на мгновение»
**Das Kaninchen erschrak heftig**
Кролик сильно вздрогнул
**Er ließ die weißen Handschuhe und den Federfächer fallen**
Он сбросил белые перчатки и веер из перьев
**und er eilte fort in die Dunkelheit, so schnell er konnte**
И он помчался прочь в темноту так быстро, как только мог
**Alice hob den Federfächer und die Handschuhe auf**
Алиса взяла веер из перьев и перчатки
**Und sie fächelte sich immer wieder Luft zu, während sie sprach**
И она продолжала обмахиваться веером, продолжая говорить

»Liebes, liebes Kind! Wie seltsam ist das alles heute!"

«Милый, милый! Как странно все сегодня!»

"Gestern ging es weiter wie bisher"

«Вчера все шло своим чередом»

"War ich heute Morgen noch so, als ich aufgestanden bin?"

«Я был таким же, когда встал сегодня утром?»

"Aber wenn ich nicht mehr derselbe bin, dann ist das eine andere Frage"

«Но если я не такой, то есть другой вопрос»

"Wer in aller Welt bin ich?"

«Кто я такой?»

"Ah, das ist das große Rätsel!"

«, вот в чем великая головоломка!»

Während sie das sagte, blickte sie auf ihre Hände hinunter

Сказав это, она посмотрела на свои руки

Sie trug einen der kleinen weißen Handschuhe des Kaninchens

На ней была одна из маленьких белых перчаток кролика

Sie hatte nicht bemerkt, dass sie den Handschuh angezogen hatte, während sie sprach

Она не заметила, как надела перчатку во время разговора

"Wie konnte ich das machen?" dachte sie

«Как я могла это сделать?» — подумала она

"Ich muss wieder klein werden"

«Должно быть, я снова становлюсь маленьким»

Sie stand auf und ging zum Tisch, um ihre Größe zu messen

Она встала и подошла к столу, чтобы измерить свой рост

Sie stellte fest, dass sie jetzt etwa einen halben Meter groß war

Она обнаружила, что теперь ее рост составляет около полуметра

und sie schrumpfte immer noch schnell

и она все еще быстро уменьшалась

Bald fand sie heraus, was die Ursache für das Schrumpfen war

Вскоре она узнала, в чем причина усадки

Der Federfächer machte sie wieder kleiner!

Веер из перьев снова делал ее меньше!

**Und sie ließ hastig den Federfächer fallen**

И она поспешно выронила веер из перьев

**Sie ließ den Federfächer gerade noch rechtzeitig fallen, um sich zu retten**

Она уронила веер из перьев как раз вовремя, чтобы спасти себя

**Hätte sie sich noch länger Luft zugefächelt, wäre sie völlig zusammengeschrumpft**

Если бы она еще больше обмахивалась веером, то совсем отпрянула бы

**»Das war ein knappes Entkommen!« sagte Alice**

"Это было чудом спасшееся!" - сказала Алиса

**und sie erschrak sehr über die plötzliche Veränderung**

и она была очень напугана внезапной переменой

**aber sie war sehr froh, daß sie noch da war**

но она была очень рада, что все еще существует

**"Und jetzt ab in den Garten!"**

— А теперь в сад!

**Und sie lief mit aller Geschwindigkeit zurück zu der kleinen Tür**

И она со всей скоростью побежала обратно к маленькой дверце

**Aber ach! Das Türchen wurde wieder geschlossen**

Но, увы! Маленькая дверца снова захлопнулась

**Und das goldene Schlüsselchen lag wieder auf dem Glastisch**

И маленький золотой ключик снова лежал на стеклянном столике

**"Es ist schlimmer als je!" dachte das arme Kind**

«Дела обстоят хуже, чем когда-либо, – думал бедный ребенок

**"So klein war ich noch nie, niemals!"**

«Я никогда раньше не был таким маленьким, никогда!»

**Bei diesen Worten rutschte ihr Fuß aus**

Когда она произнесла эти слова, ее нога соскользнула

**Und im nächsten Augenblick gab es ein großes Plätschern!**

И в следующий момент раздался большой всплеск!

**Sie stand bis zum Kinn im Salzwasser**

Она была по подбородок в соленой воде

**Ihre erste Idee war, dass sie irgendwie ins Meer gefallen war**

Ее первой мыслью было то, что она каким-то образом упала в море

**Sie erkannte jedoch bald, worin sie sich befand**

Однако вскоре она поняла, во что попала

**Sie war in einer Tränenlache**

Она была в луже слез

**die Tränen, die sie geweint hatte, als sie zwei Meter groß war**

слезы, которые она выплакала, когда была ростом два метра

**In diesem Augenblick hörte sie etwas**

В этот момент она что-то услышала

**Etwas plätscherte im Pool herum**

Что-то плескалось в бассейне

**Das Plätschern kam aus einiger Entfernung**
Брызги доносились издалека
**und sie schwamm näher, um zu sehen, was das Plätschern war**
и она подплыла ближе, чтобы посмотреть, что это за плеск
**Bald sah sie, dass es nur eine kleine Maus war**
Вскоре она увидела, что это всего лишь маленькая мышка
**Auch die kleine Maus war ins Wasser geschlüpft**
Мышонок тоже соскользнул в воду
**Alice dachte bei sich über die Situation nach**
Алиса задумалась про себя о сложившейся ситуации
**"Würde es etwas nützen, mit dieser Maus zu sprechen?"**
— Будет ли толку говорить с этой мышью?
**"Hier unten steht alles auf dem Kopf"**
«Здесь все так перевернуто с ног на голову»
**"Ich denke, es ist sehr wahrscheinlich, dass diese Maus sprechen kann."**
«Я думаю, очень вероятно, что эта мышь может говорить»
**"Es schadet jedenfalls nicht, es zu versuchen"**
«Во всяком случае, нет ничего плохого в том, чтобы попытаться»
**Also begann sie zu versuchen, mit der Maus zu sprechen**
Поэтому она начала пытаться разговаривать с мышкой
**"Oh Maus, kennst du den Weg aus diesem Pool?"**
— О, Мышонок, ты знаешь, как выбраться из этого бассейна?
**"Ich bin es leid, hier herumzuschwimmen, oh Maus!"**
— Мне очень надоело плавать здесь, о Мышонок!
**Die Maus schaute sie ziemlich neugierig an**
Мышка посмотрела на нее довольно пытливо
**Die Maus schien mit einem ihrer kleinen Augen zu blinzeln**
Мышка, казалось, подмигнула одним из своих маленьких глазков
**Aber die kleine Maus sagte nichts**
Но мышонок ничего не сказал
**"Vielleicht versteht die Maus kein Englisch!" dachte Alice**

"Может быть, мышка не понимает по-английски, -
подумала Алиса
**"Ich wage zu behaupten, es ist eine französische Maus"**
«Осмелюсь сказать, что это французская мышь»
**"Vielleicht kam diese Maus mit Wilhelm dem Eroberer
herüber"**
«Возможно, эта мышь перешла вместе с Вильгельмом
Завоевателем»
**Also fing sie wieder an, auf Französisch**
Поэтому она начала снова, по-французски
**"Wo ist meine Katze?", fragte sie auf Französisch**
«Где моя кошка?» — спросила она по-французски
**es war der erste Satz in ihrem französischen Unterrichtsbuch**
это было первое предложение в ее учебнике французского
языка
**Die Maus machte einen plötzlichen Sprung aus dem Wasser**
Мышка резко выпрыгнула из воды
**Und die Maus schien am ganzen Leibe vor Schreck zu
zittern**
И мышь, казалось, дрожала всем телом от страха
**"Oh, ich bitte um Verzeihung!" rief Alice hastig**
-- О, прошу прощения, -- поспешно воскликнула Алиса
**Sie fürchtete, sie habe die Gefühle des armen Tieres verletzt**
Она боялась, что задела чувства бедного животного
**"Ich habe ganz vergessen, dass du keine Katzen magst"**
«Я совсем забыла, что ты не любишь кошек»
**"Ich mag keine Katzen!" rief die Maus mit schriller,
leidenschaftlicher Stimme**
"Я не люблю кошек!" - закричала Мышка пронзительным,
страстным голосом
**"Hättest du gerne Katzen, wenn du ich wärst?"**
— Ты бы хотел кошек на моем месте?
**Alice tröstete die Maus in einem beruhigenden Ton**
Алиса успокаивающим тоном успокаивала мышку
**"Naja, vielleicht würde ich an deiner Stelle auch keine
Katzen mögen"**
«Ну, возможно, я бы на вашем месте тоже не любил

кошек»
**"Bitte ärgern Sie sich nicht über die Erwähnung von Katzen"**
«Пожалуйста, не сердитесь из-за упоминания о кошках»
**"Und doch wünschte ich, ich könnte dir unsere Katze Dina zeigen"**
«И все же я хотел бы показать вам нашу кошку Дину»
**"Wenn du sie treffen würdest, würdest du wohl Gefallen an Katzen finden"**
«Если бы вы встретили ее, я думаю, вы бы полюбили кошек»
**"Wenn du sie nur sehen könntest"**
«Если бы ты только мог ее видеть»
**"Sie ist so ein liebes, stilles Ding"**
«Она такая милая, тихая штучка»
**Die Maus zitterte am ganzen Körper**
Мышь дрожала всем телом
**Alice war sich sicher, dass die Maus wirklich beleidigt sein musste**
Алиса была уверена, что мышка, должно быть, действительно обиделась
**"Wir reden nicht mehr über sie, wenn du lieber nicht willst"**
«Мы больше не будем о ней говорить, если вы не хотите»
**"Wir, allerdings!" rief die Maus**
"Мы!" - закричала Мышь
**Die Maus zitterte bis zum Ende ihres Schwanzes**
Мышь дрожала до конца хвоста
**»Als ob ich über so ein Thema reden würde!«**
— Как будто бы я стал говорить на такую тему!
**"Unsere Familie hat Katzen schon immer gehasst"**
«Наша семья всегда ненавидела кошек»
**"Katzen; Gemeine, niedrige, gemeine Dinger!"**
«Кошки; мерзкие, низкие, пошлые вещи!»
**"Laß mich den Namen nicht noch einmal hören!"**
«Не позволяй мне больше слышать это имя!»
**"Katzen will ich ja nicht mehr erwähnen!" sagte Alice**
"Я больше не буду упоминать о кошках!" - сказала Алиса
**Sie hatte es sehr eilig, das Thema zu wechseln**

Она очень спешила сменить тему
**"Bist du... Lieben Sie Hunde?«**
«Ты... Вы любите собак?
**"Es gibt so einen netten kleinen Hund in der Nähe unseres Hauses."**
«Рядом с нашим домом живет такая милая маленькая собачка»,
**"Ich möchte dir den kleinen Hund zeigen!"**
— Я хотел бы показать вам маленькую собачку!
**"Dieser kleine Hund tötet alle Ratten und...**
«Эта маленькая собачка убивает всех крыс и...
**»O je!« rief Alice in traurigem Tone**
-- воскликнула Алиса печальным тоном
**»Ich fürchte, ich habe dich schon wieder beleidigt!«**
«Боюсь, я снова обидел тебя!»
**Die Maus schwamm so schnell sie konnte von ihr weg**
Мышь уплыла от нее так быстро, как только могла
**Und die Maus machte einen ziemlichen Aufruhr im Tümpel**
А мышка устроила настоящий переполох в бассейне
**Da rief sie leise der Maus nach**
Поэтому она тихо позвала мышку вслед
**"Meine liebe Maus, komm bitte zurück!"**
«Моя дорогая мышка, пожалуйста, возвращайся!»
**"Und wir werden nicht über Katzen sprechen"**
"И мы не будем говорить о кошках"
**"Und über Hunde müssen wir auch nicht reden"**
«И про собак нам тоже не приходится»
**Als die Maus das hörte, drehte sie sich um**
Когда мышь услышала это, она обернулась
**Und die kleine Maus schwamm langsam zu ihr zurück**
И мышонок медленно подплыл к ней
**Das Gesicht der Maus war ganz blaß**
Мордочка мыши была довольно бледной
**Und die Maus sprach mit leiser, zitternder Stimme**
И мышь заговорила низким, дрожащим голосом
**"Lasst uns ans Ufer gehen"**
«Давайте выйдем на берег»

"Und dann erzähle ich dir meine Geschichte"

"А потом я расскажу вам свою историю"

"Und du wirst verstehen, warum ich Katzen und Hunde hasse"

«И ты поймешь, почему я ненавижу кошек и собак»

Es war höchste Zeit zu gehen

Пришло время уезжать

weil der Pool ziemlich voll wurde

Потому что бассейн становился довольно переполненным

Andere Vögel und Tiere waren in den Pool gefallen

В бассейн упали другие птицы и звери

es gab eine Ente und einen Dodo

там были Утка и Дронт

und da waren ein Lory-Vogel und ein Adler

и там была птица Лори и орленок

und es gab noch einige andere interessant aussehende Kreaturen

И было еще несколько интересных на вид существ

Alice führte den Weg aus dem Pool

Алиса вела к выходу из бассейна

und die ganze Gesellschaft der Tiere schwamm ans Ufer

и вся группа зверей поплыла к берегу

## Ein Caucus-Rennen und ein langer Schwanz

Гонка кокусов и длинный хвост

**Es waren in der Tat ein lustig aussehender Haufen Tiere**

Это действительно была забавно выглядящая кучка животных

**und sie versammelten sich alle am Ufer des Wassers**

и все они собрались на берегу воды

**die Vögel hatten alle zerzauste Federn**

У всех птиц были потрепанные перья

**und die pelzigen Tiere waren durchnässt**

и пушистые зверьки промокли насквозь

**und alle waren triefend nass, genervt und unwohl**

и все были мокрыми, раздраженными и неудобными

**Es gab eine Frage, die zuerst beantwortet werden musste**

Был один вопрос, на который нужно было ответить в первую очередь

**Was ist der beste Weg für alle, um trocken zu werden?**

Как лучше всего высохнуть каждому?

**Sie hatten eine Konsultation zu diesem Thema**

Они провели консультацию по этому поводу

**Bald waren sie alle auf vertrautem Einvernehmen**

Вскоре все они были в знакомых отношениях

**Es war, als ob sie sie ihr ganzes Leben lang gekannt hätte**

Как будто она знала их всю свою жизнь

**Die Maus schien eine Person mit einer gewissen Autorität zu sein**

мышка казалась человеком с каким-то авторитетом

**"Setzt euch, ihr alle, und hört mir zu!**

«Садитесь, все вы, и слушайте меня!»

**"Ich werde euch bald wieder alle trocken machen!"**

«Я скоро снова заставлю вас всех высохнуть!»

**Sie setzten sich alle auf einmal in einem großen Ring nieder**

Они сели все сразу, в большой круг

**Und die kleine Maus saß in der Mitte**

а мышонок сидел посередине

**"Ähm!" sagte die Maus mit einer wichtigen Miene**

"Кхм!" - сказала мышка с важным видом

**"Seid ihr bereit?"**

— Вы все готовы?

**"Das ist das Trockenste, was ich kenne"**

«Это самая сухая вещь, которую я знаю»

**»Schweigen Sie ringsum, wenn Sie wollen!«**

— Тишина вокруг, если позволите!

**"Wilhelm der Eroberer wurde vom Papst begünstigt"**

«Вильгельм Завоеватель пользовался благосклонностью Папы Римского»

**"aber er wurde bald von den Engländern unterworfen"**

"но вскоре англичане подчинились ему"

**"Sie wollten in letzter Zeit Führer"**

«В последнее время им нужны были лидеры»

**"Und sie waren an Macht und Eroberung gewöhnt"**

«И они привыкли к силе и завоеваниям»

**"Edwin und Morcar, die Grafen von Mercia und Northumbria"**

"Эдвин и Моркар, графы Мерсии и Нортумбрии"

»Pfui!« sagte der Lori-Vogel mit einem Schauer

"Тьфу!" - сказала птица лори с дрожью

"und sogar Stigand, der patriotische Erzbischof von Canterbury"

"и даже Стиганд, патриотически настроенный архиепископ Кентерберийский"

"Er fand es auch ratsam"

«Он также счел это целесообразным»

"Was hielt er für ratsam?" fragte die Ente

"Что он счел целесообразным?" - спросила утка

"Er fand es ratsam", antwortete die Maus ziemlich verärgert

— Он счел это целесообразным, — довольно сердито ответила мышка

aber die Ente war nicht zufrieden

Но утка осталась недовольна

"Natürlich weißt du, was 'es' bedeutet"

«Конечно, вы знаете, что означает «это»

"Ich weiß, was es ist, wenn ich etwas finde," sagte die Ente

— Я понимаю, что это такое, когда нахожу что-нибудь, — сказала утка

"Es ist in der Regel ein Frosch oder ein Wurm"

"это вообще лягушка или червь"

"Die Frage ist, was hat der Erzbischof gefunden?"

«Вопрос в том, что нашел архиепископ?»

Die Maus bemerkte diese Frage nicht

Мышка не заметила этого вопроса

Stattdessen fuhr die Maus hastig mit der Rede fort

Вместо этого мышка поспешно продолжила речь

"Er fand es ratsam, mit Edgar Atheling zu gehen"

«Он счел целесообразным поехать с Эдгаром Ателингом»

"um William zu treffen und ihm die Krone anzubieten"

«встретиться с Вильгельмом и предложить ему корону»

fuhr die Maus fort und wandte sich dabei an Alice

— продолжила мышь, поворачиваясь к Алисе

»Wie geht es dir jetzt, meine Liebe?«

— Как ты поживаешь, моя дорогая?

»So naß wie immer,« sagte Alice in melancholischem Tone

-- Мокрая, как всегда, -- сказала Алиса меланхоличным тоном

**"Diese Geschichte scheint mich überhaupt nicht auszutrocknen"**

«Эта история, кажется, меня совсем не сушит»

**»In diesem Falle,« sagte der Dodo feierlich und erhob sich**

— В таком случае, — торжественно сказал дронт, поднимаясь на ноги

**"Ich stimme dafür, dass die Sitzung vertagt wird"**

«Я голосую за то, чтобы заседание было закрыто»

**"und ich schlage vor, sofort energischere Heilmittel zu ergreifen"**

«и я предлагаю немедленно принять более энергичные меры»

**"Sprich wahre Worte!" sagte der Adler**

"Говори настоящие слова!" - сказал орленок

**"Ich weiß nicht, was die Hälfte dieser langen Worte bedeutet"**

«Я не знаю значения половины этих длинных слов»

**»und außerdem glaube ich nicht, daß Sie es wissen!«**

— И, более того, я не верю, что вы тоже знаете!

**»Was ich sagen wollte«, sagte der Dodo in beleidigtem Ton**

— Что я собирался сказать, — сказал дронт обиженным тоном

**"Das Beste, was uns trocken kriegt, wäre ein Caucus-Rennen"**

«Лучшее, что можно было бы сделать для того, чтобы мы выдохлись, — это предвыборное собрание»

**»Was ist ein Caucus-Rennen?« fragte Alice**

"Что такое партийная гонка?" - спросила Алиса

"Nun", sagte der Dodo, "der beste Weg, es zu erklären, ist, es zu tun."

«Ну, — сказал дронт, — лучший способ объяснить это — сделать это».

"Zuerst steckte der Dodo eine Rennbahn ab"

«Сначала дронт наметил ипподром»

"Die Strecke verlief in einer Art Kreis"

«Трасса была в каком-то круге»

"Und dann wurde die ganze Gesellschaft entlang der Strecke platziert"

"А потом вся партия была расставлена по курсу"

Es gab kein "Eins, zwei, drei und weg!"

Не было никакого «Раз, два, три и прочь!»

aber sie fingen an zu rennen, wann sie wollten

Но они начинали бегать, когда им нравилось

Und sie beendeten auch, wenn sie wollten

И они тоже заканчивали, когда им нравилось

Es war also nicht einfach zu wissen, wann das Rennen vorbei war

Поэтому было нелегко понять, когда гонка закончилась

Nach etwa einer halben Stunde Laufen waren sie alle ziemlich trocken

Через полчаса или около того бега все они были совершенно сухими

der Dodo rief plötzlich: "Das Rennen ist vorbei!"
дронт вдруг закричал: «Гонка окончена!»
Und sie drängten sich alle um den Dodo
И все они столпились вокруг дронта
Alle Tiere hechelten und schnauften
Все животные тяжело дышали и пыхтели
und sie alle wollten wissen: "Aber wer hat gewonnen?"
и все они хотели знать: «Но кто же победил?»
Diese Frage konnte der Dodo nicht sofort beantworten
На этот вопрос дронт не смог сразу ответить
Zuerst musste er sehr viel nachdenken
Сначала ему пришлось много думать
Nach langem Nachdenken sprach der Dodo schließlich
После долгих раздумий дронт наконец заговорил
"Jeder hat gewonnen, und jeder muss Preise haben"
«Все выиграли, и у всех должны быть призы»
»Aber wer soll die Preise geben?« fragte ein Chor von
Stimmen
«Но кто же будет вручать призы?» — спросил хор голосов
"Nun, sie natürlich", sagte der Dodo
— Ну, конечно, она, — сказал дронт
und der Dodo deutete mit einem Finger auf Alice
и дронт указал одним пальцем на Алису
und die ganze Gesellschaft von Tieren drängte sich um sie
и вся компания животных столпилась вокруг нее
sie riefen verwirrt: »Preise! Preise!"
они смущенно кричали: «Призы! Призы!»
Alice hatte keine Ahnung, was sie tun sollte
Алиса понятия не имела, что делать
Verzweifelt steckte sie die Hand in die Tasche
В отчаянии она сунула руку в карман
Und sie zog eine Schachtel mit Süßigkeiten hervor
И она вытащила коробку со сладостями
Glücklicherweise war das Salzwasser nicht in den Kasten
gelangt
К счастью, соленая вода не попала в ящик
Und sie reichte die Süßigkeiten als Preise herum

И она раздавала сладости в качестве призов
**Es gab genau ein Stück für jeden**
Там была ровно одна штука на каждого
**Das nächste, was sie tun mussten, war, die Süßigkeiten zu essen**
Следующее, что им нужно было сделать, это съесть сладости
**Dies verursachte einige Geräusche und Verwirrung**
Это вызвало некоторый шум и неразбериху
**Die großen Vögel klagten, dass sie ihre Süßigkeiten nicht schmecken konnten**
Большие птицы жаловались, что не могут попробовать свои сладости
**Die Kleinen verschluckten sich und mussten auf den Rücken geklopft werden**
Маленькие задыхались, и их приходилось гладить по спине
**Doch dann war es endlich vorbei**
Однако в конце концов все было кончено
**Und sie setzten sich wieder in einem Ring nieder**
и они снова сели в кольцо
**Und sie flehten die Maus an, ihnen noch etwas zu erzählen**
И они умоляли мышку рассказать им что-нибудь еще
**»Du hast versprochen, mir deine Geschichte zu erzählen, weißt du,« sagte Alice**
— Знаешь, ты обещал рассказать мне свою историю, — сказала Алиса
**und sie machte noch eine kleine Bemerkung über Katzen im Flüsterton**
И она шепотом сделала еще одно маленькое замечание о кошках
**Sie wollte die Maus nicht noch einmal beleidigen**
Она не хотела лишний раз обижать мышку
**die kleine Maus drehte sich zu Alice um und seufzte**
мышонок повернулся к Алисе и вздохнул
**"Meine Geschichte ist lang und traurig!"**
«Моя история длинная и грустная!»

»Es ist gewiß ein langer Schwanz,« sagte Alice

- Конечно, это длинный хвост, - сказала Алиса

**Und sie blickte verwundert auf den Schwanz der Maus hinunter**

И она с удивлением посмотрела вниз на хвост мыши

**"Aber warum nennst du es einen traurigen Schwanz?"**

— Но почему ты называешь это грустным хвостом?

**Und sie rätselte unaufhörlich, während die Maus sprach**

И она продолжала ломать голову, пока мышь говорила

**so daß ihre Vorstellung von der Geschichte ungefähr so aussah**

так что ее представление о сказке было примерно таким

```
            "Fury said to
          a mouse, That
            he met in the
              house, 'Let
                us both go
                to law: I
                will prosecute
                you.——
                  Come, I'll
              take no denial:
            We must have
          the trial;
        For really
      this morning
    I've
    nothing
    to do.'
        Said the
          mouse to
            the cur,
            'Such a
              trial, dear
              sir, With
                  no jury
                    or judge,
                    would
                  be wasting
                    our
          breath.'
              I'll be
            judge,
        I'll be
      jury,'
    said
    cunning
        old
          Fury;
          I'll
            try
              the
                whole
                cause,
                and
              condemn
            you to
  death."
```

**Fury sagte zu einer Maus, die er im Haus getroffen hat."**

Фьюри сказал мыши, Что он встретил в доме.

**Lasst uns beide vor Gericht gehen: Ich werde euch anklagen**

Давайте оба обратимся в суд: я буду преследовать вас в судебном порядке

**Kommen Sie, ich leugne es nicht: Wir müssen den Prozeß haben**

Пойдемте, я не стану отрицать: мы должны провести суд

**Denn heute morgen habe ich wirklich nichts zu tun**

На самом деле сегодня утром мне нечего делать

**Sagte die Maus zum Pfarrer;**

— сказала мышь собаке.

**Ein solcher Prozeß, lieber Herr, ohne Geschworene und Richter, würde uns den Atem rauben**

Такой процесс, дорогой государь, без присяжных и судьи был бы пустой тратой нашего дыхания

**»Ich werde Richter sein, ich werde Geschworener sein«, sagte der schlaue alte Fury**

— Я буду судьей, я буду присяжным, — сказал хитрый старый Фьюри

**Ich werde die ganze Sache prüfen und dich zum Tode verurteilen**

Я испробую все дело и обречу тебя на смерть

**die Maus sprach streng zu Alice**

мышка строго разговаривала с Алисой

**"Du passt nicht auf!"**

«Ты не обращаешь внимания!»

**"Woran denkst du?"**

— О чем ты думаешь?

**»Ich bitte um Verzeihung,« sagte Alice sehr demütig**

- Прошу прощения, - сказала Алиса очень смиренно

**»Sie waren in der fünften Kurve angelangt, glaube ich?«**

— Кажется, ты добрался до пятого поворота?

**"Du beleidigst mich, indem du so einen Unsinn redest!"**

— Ты оскорбляешь меня, говоря такую чепуху!

**Und die Maus stand auf und ging weg**

и мышка встала и пошла прочь

**Alice rief der kleinen Maus hinterher**

— крикнула Алиса вслед мышонку

**"Bitte komm zurück und beende deine Geschichte!"**

«Пожалуйста, вернись и закончи свой рассказ!»

**Und die andern stimmten alle in den Chor ein**

И все остальные присоединились хором

**"Ja, bitte beenden Sie Ihre Geschichte!"**

«Да, пожалуйста, закончите свой рассказ!»

**Aber die Maus schüttelte nur ungeduldig den Kopf**

Но мышка лишь нетерпеливо покачала головой

**Und die kleine Maus ging ein wenig schneller**

И мышонок пошел немного быстрее

**"Ich wünschte, ich hätte Dinah, unsere Katze, hier!" sagte Alice**

"Как бы мне хотелось, чтобы Дина, наша кошка, была здесь!" - сказала Алиса

**Dies erregte in der Partei ein bemerkenswertes Aufsehen**

Это вызвало замечательную сенсацию среди партии

**Einige der Vögel eilten sofort davon**

Некоторые из птиц сразу же улетели

**und ein Kanarienvogel rief mit zitternder Stimme seinen Kindern zu;**

и канарейка дрожащим голосом кричала своим детям;

**»Kommt fort, meine Lieben!«**

— Уходите, мои дорогие!

**"Es ist höchste Zeit, dass ihr alle im Bett seid!"**

— Вам давно пора ложиться в постель!

**Mit verschiedenen Ausreden gingen sie alle weg**

Под разными предлогами они все ушли

**und Alice war bald allein**

и вскоре Алиса осталась одна

**"Ich wünschte, ich hätte Dina nicht erwähnt!"**

— Лучше бы я не упоминал Дину!

**"Niemand scheint sie hier unten zu mögen"**

«Кажется, она никому не нравится здесь, внизу»

**"Aber ich bin mir sicher, dass sie die beste Katze von der Welt ist!"**

— Но я уверена, что она самая лучшая кошка на свете!
**Die arme Alice fing wieder an zu weinen**
Бедная Алиса снова заплакала
**weil sie sich sehr einsam und niedergeschlagen fühlte**
потому что она чувствовала себя очень одинокой и подавленной
**Nach einer Weile aber hörte sie wieder etwas**
Однако через некоторое время она снова что-то услышала
**ein leises Getrappel von Schritten in der Ferne**
легкий топот шагов вдалеке
**und sie blickte eifrig auf**
И она нетерпеливо подняла глаза

## Der Hase schickt den kleinen Mr. Bill herein
### Кролик посылает маленького мистера Билла

**Es war das weiße Kaninchen, das langsam wieder zurücktrabte**
Это был белый кролик, который медленно рысью бежал назад
**Er sah sich ängstlich um, während er ging**
Он с тревогой оглядывался по сторонам
**Er sah aus, als hätte er etwas verloren**
Он выглядел так, как будто что-то потерял
**Alice hörte, wie er vor sich hin murmelte**
Алиса слышала, как он бормочет себе под нос
**»Die Herzogin! Die Herzogin! Oh, meine lieben Pfoten!"**
— Герцогиня! Герцогиня! О, мои милые лапы!
**"Oh, mein Fell und meine Schnurrhaare!"**
— О, мой мех и усы!
**"Sie wird mich hinrichten lassen, da bin ich mir sicher"**
«Она добьется казни меня, я в этом уверен»
**"Genauso sicher, wie Frettchen Frettchen sind!"**

«Так же точно, как хорьки есть хорьки!»
**"Wo kann ich meine Sachen abgestellt haben, frage ich mich?"**
— Интересно, куда я мог бросить свои вещи?
**Alice erriet in einem Augenblick, was er suchte**
Алиса мгновенно догадалась, что он ищет
**Er war auf der Suche nach dem Federfächer**
Он искал веер из перьев
**Und er suchte nach dem Paar weißer Handschuhe**
И он искал пару белых перчаток
**So machte sie sich sehr gutmütig auf die Suche nach den Handschuhen**
Поэтому она очень добродушно стала искать перчатки
**Und sie suchte auch nach dem Federfächer**
И она тоже искала веер из перьев
**Aber die Handschuhe und der Federfächer waren nirgends zu sehen**
Но перчаток и веера из перьев нигде не было видно
**Alles schien sich verändert zu haben, seit sie im Pool geschwommen war**
Казалось, все изменилось с тех пор, как она плавала в бассейне
**Nichts war mehr so, wie es war, seit sie in der Großen Halle gewesen war**
Ничто не было прежним с тех пор, как она была в Большом зале
**und der Glastisch war verschwunden**
и стеклянный стол исчез
**Und die kleine Tür war auch nicht da**
И маленькой дверцы там тоже не было
**Sehr bald bemerkte das Kaninchen Alice**
Очень скоро крольчиха заметила Алису
**rief er ihr in zornigem Ton zu**
Он окликнул ее сердитым тоном
**"Mary Ann, was machst du hier draußen?"**
— Мэри Энн, что ты здесь делаешь?
**"Lauf in diesem Moment nach Hause"**

«Беги домой сейчас же»
**"Und hol mir ein Paar Handschuhe und einen Federfächer!"**
— И принеси мне пару перчаток и веер из перьев!
**"Und beeil dich!"**
— И поторопись!
**Alice sprach mit sich selbst, als sie davonrannte**
Алиса говорила сама с собой, убегая
**"Er muss mich für sein Hausmädchen gehalten haben!"**
— Должно быть, он принял меня за свою горничную!
**"Wie überrascht wird er sein, wenn er herausfindet, wer ich bin!"**
«Как он удивится, когда узнает, кто я!»
**Während sie dies sagte, stieß sie auf ein hübsches Häuschen**
Сказав это, она наткнулась на аккуратный домик
**An der Tür des Hauses hing eine helle Messingplatte**
На двери дома висела яркая медная табличка
**"W. HASE"**
"У. КРОЛИК"
**Sie trat ein, ohne an die Tür zu klopfen**
Она вошла, не постучав в дверь
**und sie eilte geradewegs die Treppe hinauf**
и она поспешила прямо наверх
**sie machte sich Sorgen, dass sie die echte Mary Ann treffen könnte**
она беспокоилась, что может встретить настоящую Мэри Энн
**denn dann würde sie aus dem Haus gejagt werden**
потому что тогда ее выгнали бы из дома
**Und sie würde den Federfächer und die Handschuhe nicht finden können**
И она не смогла бы найти веер из перьев и перчатки
**Alice hatte den Weg in ein aufgeräumtes Kämmerlein gefunden**
Алиса пробралась в маленькую аккуратную комнату
**Im Zimmer stand ein Tisch am Fenster**
В комнате стоял столик у окна
**und auf dem Tisch stand ein Federfächer**

а на столе стоял веер из перьев
**Und da waren zwei oder drei Paar winzige weiße Handschuhe**
и там было две или три пары крошечных белых перчаток
**Sie hob den Federfächer und ein Paar Handschuhe auf**
Она взяла веер из перьев и пару перчаток
**und sie war eben im Begriff, das Zimmer zu verlassen**
И она как раз собиралась выйти из комнаты
**Aber dann fiel ihr Blick auf ein Fläschchen**
но тут ее взгляд упал на маленькую бутылочку
**Sie entkorkte die Flasche und führte sie an ihre Lippen**
Она откупорила бутылку и поднесла ее к губам
**"Ich hoffe, dass ich dadurch wieder groß werde"**
«Я очень надеюсь, что это заставит меня снова вырасти»
**"Ich bin es leid, so ein winziges Ding zu sein!"**
«Я устал быть таким крошечным существом!»
**Alice hatte kaum die halbe Flasche getrunken**
Алиса едва выпила половину бутылки
**Ihr Kopf drückte bereits gegen die Decke**
Ее голова уже прижималась к потолку
**und sie musste sich bücken**
И ей пришлось нагнуться
**um ihr das Genick vor dem Genickbruch zu bewahren**
чтобы спасти ее шею от перелома
**Hastig stellte sie die Flasche ab**
Она поспешно поставила бутылку
**"Das reicht"**
«Этого вполне достаточно»
**"Ich hoffe, ich wachse nicht mehr"**
«Надеюсь, я больше не вырасту»
**Leider! Es war zu spät, das zu wünschen!**
Увы! Было уже поздно желать этого!
**Sie wuchs und wuchs weiter**
Она продолжала расти и расти
**und sehr bald musste sie sich auf den Boden knien**
И очень скоро ей пришлось встать на колени на пол
**und selbst dann wuchs sie weiter**

И даже тогда она продолжала расти
**Als letztes Mittel streckte sie einen Arm aus dem Fenster**
В качестве последнего средства она высунула одну руку из окна
**und sie setzte einen Fuß auf den Schornstein**
И она поставила одну ногу в дымоход
**"Jetzt kann ich nicht mehr, was auch immer passiert"**
«Теперь я больше ничего не могу сделать, что бы ни случилось»
**»Was wird aus mir?«**
— Что со мной будет?

**Alice hatte Glück**
Алисе повезло
**Das kleine Zauberfläschchen hatte seine volle Wirkung entfaltet**
Маленькая волшебная бутылочка произвела полный эффект

und Alice wurde nicht größer, als sie war

и Алиса не стала больше своей

Nach ein paar Minuten hörte sie draußen eine Stimme

Через несколько минут она услышала голос снаружи

Und sie blieb stehen, um der Stimme zu lauschen

И она остановилась, чтобы прислушаться к голосу

»Mary Ann! Mary Ann!« sagte die Stimme

— Мэри Энн! Мэри Энн!» — произнес голос

"Hol mir gleich meine Handschuhe!"

— Принеси мне мои перчатки прямо сейчас!

Dann ertönte ein leises Getrappel von Füßen auf der Treppe

Затем послышался легкий топот ног по лестнице

Alice wusste, dass es das Kaninchen war, das kam, um sie zu suchen

Алиса знала, что это был кролик, пришедший искать ее

und sie zitterte, bis sie das Haus erschütterte

и она дрожала до тех пор, пока дом не содрогнулся

Sie vergaß ganz, welche Proportionen sie hatte

Она совершенно забыла, какие у нее были пропорции

Sie war tausendmal so groß wie das Kaninchen

Она была в тысячу раз больше кролика

und sie hatte keinen Grund, sich vor einem Kaninchen zu fürchten

И у нее не было причин бояться кролика

Bald kam das Kaninchen an die Tür heran

Вскоре кролик подошел к двери

Und das kleine Kaninchen versuchte, die Tür zu öffnen

И крольчиха попыталась открыть дверцу

Die Tür begann sich nach innen zu öffnen

Дверь начала открываться внутрь

aber Alices Ellbogen wurde hart gegen die Tür gedrückt

но локоть Алисы был сильно прижат к двери

Dieser Versuch erwies sich als Fehlschlag

Эта попытка оказалась неудачной

Alice hörte, wie das Kaninchen mit sich selbst sprach

Алиса слышала, как кролик разговаривал сам с собой

"Dann gehe ich herum und steige durch das Fenster ein"

«Потом я обойду и войду через окно»
**"Das wirst du nicht!" dachte Alice**
"Что ты не будешь!" - подумала Алиса
**und sie wartete wieder ein wenig**
И она снова немного подождала
**Bald hörte sie das Kaninchen gerade unter dem Fenster**
Вскоре она услышала крик кролика прямо под окном
**Plötzlich streckte sie ihre Hand aus**
Она вдруг протянула руку
**Und sie machte einen Sprung in die Luft**
и она сделала рывок в воздухе
**Sie bekam nichts in die Finger**
Она ничего не доставала
**aber sie hörte einen kleinen Schrei und einen Sturz**
но она услышала небольшой крик и падение
**und sie hörte ein Krachen von zerbrochenem Glas**
и она услышала звон битого стекла
**Vielleicht war das Kaninchen gefallen**
Возможно, кролик упал
**Vielleicht war er in einem Gewächshaus**
может быть, он был в теплице
**Dann ertönte eine zornige Stimme; Die Stimme des Kaninchens**
Затем раздался сердитый голос; Голос кролика
**"Pat, wo bist du?"**
— Пэт, где ты?
**Und dann ertönte eine Stimme, die sie noch nie zuvor gehört hatte**
А затем раздался голос, которого она никогда раньше не слышала
**"Euer Ehren, ich bin hier!"**
— Ваша честь, я здесь!
**"Ich grabe nach Äpfeln"**
«Я копаюсь в поисках яблок»
**»Hier! Komm und hilf mir da raus!"**
— Вот! Приди и помоги мне выбраться отсюда!
**»Nun sag mir, Pat, was ist das da im Fenster?«**

— А теперь скажи мне, Пэт, что это в окне?
**"Sicher, Euer Ehren, ich werde es Ihnen sagen"**
«Конечно, ваша честь, я вам скажу»
**"Das ist ein Arm, der im Fenster steckt!"**
«Это рука, которая в окне!»
**"Na ja, da hat ein Arm nichts zu suchen"**
«Ну, руке там не до чего»
**"Geh und nimm den Arm weg!"**
«Иди и убери руку!»
**Hierauf trat ein langes Schweigen ein**
После этого наступило долгое молчание
**und Alice konnte nur ab und zu ein Flüstern hören**
и Алиса слышала только шепот время от времени
**und endlich streckte sie die Hand wieder aus**
и наконец она снова протянула руку
**Und sie machte einen weiteren Sprung in die Luft**
И она сделала еще один рывок в воздухе
**Diesmal gab es zwei kleine Schreie**
На этот раз раздались два маленьких крика
**und es gab noch mehr Geräusche von zerbrochenem Glas**
и снова послышались звуки битого стекла
**"Ich möchte wohl wissen, was sie nun tun werden!" dachte
Alice**
"Интересно, что они будут делать дальше!" - подумала
Алиса
**"Ich wünschte, sie würden mich aus dem Fenster ziehen"**
«Хотелось бы, чтобы меня вытащили из окна»
**Sie wartete eine Weile**
Она подождала некоторое время
**aber eine Weile hörte sie nichts mehr**
Но какое-то время она больше ничего не слышала
**Endlich ertönte das Rumpeln kleiner Rädchen**
Наконец послышался грохот маленьких колес
**Und da ertönten viele Stimmen**
и послышались голоса множества
**Alle Stimmen sprachen miteinander**
Все голоса переговаривались друг с другом

**Sie konnte einige der Worte verstehen**

Она могла разобрать некоторые слова

**"Wo ist die andere Leiter?"**

— А где другая лестница?

**"Bill hat die andere Leiter"**

«У Билла другая лестница»

**"Bill, komm her!"**

— Билл, иди сюда!

**"Wird das Dach die Last tragen?"**

«Выдержит ли крыша нагрузку?»

**"Wer will schon den Schornstein hinuntergehen?"**

«Кто хочет спуститься в дымоход?»

**»Nein, das werde ich nicht! Du machst es!"**

— Нет, не буду! Ты сделай это!»

**»Hier, Bill!«**

— Вот, Билл!

**"Der Meister sagt, du musst in den Schornstein hinunter!"**

— Хозяин говорит, что тебе нужно спуститься по дымоходу!

**Alice zog ihren Fuß so weit den Schornstein hinab, wie sie konnte**

Алиса протащила ногу как можно дальше по дымоходу

**Und dann wartete sie, was kommen würde**

А затем она стала ждать, что произойдет

**Sie hörte ein kleines Tier kratzen und krabbeln**

Она услышала, как маленький зверек царапает и карабкается

**Das Tierchen muss sich im Schornstein befinden**

Зверек обязательно должен находиться в дымоходе

**dann gab sie einen scharfen Tritt**

Тогда она дала один резкий пинок

**Und sie wartete ab, was als nächstes geschehen würde**

И она ждала, что будет дальше

**Sie hörte einen allgemeinen Chor von Stimmen**

Она услышала общий хор голосов

**"Da geht Bill!", sagten alle**

«Вот и Билл!» — сказали они все

**Dann hörte sie allein die Stimme des Kaninchens**

Потом она услышала только голос кролика

**"Du an der Hecke, fang ihn!"**

— Ты у изгороди, поймай его!

**Es trat wieder ein Augenblick des Schweigens ein**

Последовала еще одна минута молчания

**Und dann gab es wieder ein Stimmengewirr**

И тут снова послышалось смешение голосов

**"Halt seinen Kopf hoch, Brandy"**

«Держи его голову, Бренди»

**"Pass auf, dass du ihn nicht würgst"**

«Будь осторожен, чтобы не задушить его»

**"Was ist mit dir passiert?"**

— Что с тобой случилось?

**Zuletzt kam eine kleine, schwache, quietschende Stimme**

Последним послышался слабый, скрипучий голос

**"Nun, ich weiß es kaum mehr"**

«Ну, я вряд ли знаю больше»

**"Danke euch allen, mir geht es jetzt besser"**

«Спасибо вам всем, мне теперь лучше»

**"Es gibt eine Sache, an die ich mich erinnern kann"**

"Есть одна вещь, которую я могу вспомнить"

**"Irgendetwas kommt auf mich zu wie ein Zug im Tunnel"**

«Что-то настигает меня, как поезд в тоннеле»

**"Und ich fliege hoch wie eine Rakete!"**

«И я лечу вверх, как небесная ракета!»

**Es gab ein oder zwei Minuten des Schweigens**

Повисла минута или две молчания

**Und dann fingen sie wieder an, sich zu bewegen**

А затем они снова начали двигаться

**und Alice hörte das Kaninchen wieder sprechen**

и Алиса снова услышала голос Кролика

**"Ein Karren voll reicht für den Anfang"**

«Для начала подойдет целый курган»

**"Einen Karren voll wovon?" dachte Alice**

"Куча чего?" - подумала Алиса

**Aber sie wurde nicht lange in Atem gehalten**

Но ее недолго держали в напряжении
**Ein Regen von kleinen Kieselsteinen drang durch das Fenster**
В окно хлынул дождь из мелкой гальки
**und einige der kleinen Kieselsteine trafen sie im Gesicht**
и несколько маленьких камешков попали ей в лицо
**Alice wunderte sich über die kleinen Kieselsteine**
Алиса удивилась маленьким камешкам
**all die kleinen Kieselsteine verwandelten sich in Kuchen**
Все камешки превращались в пирожные
**und eine glänzende Idee kam ihr in den Kopf**
И в голову ей пришла светлая идея
**"Einen von diesen Kuchen sollte ich essen"**
«Я должен съесть один из этих пирожных»
**"Der Kuchen wird sicher etwas an meiner Größe ändern"**
"Торт обязательно немного изменит мой размер"
**Also schluckte sie einen der Kuchen**
Поэтому она проглотила один из пирожных
**und sie freute sich, als sie feststellte, dass sie anfing zu schrumpfen**
И она была рада обнаружить, что начала уменьшаться
**Bald war sie klein genug, um durch die Tür zu kommen**
Вскоре она стала достаточно маленькой, чтобы пройти через дверь
**Sie rannte aus dem Haus**
Она выбежала из дома
**Draußen wartete eine Menge kleiner Tiere und Vögel**
Снаружи ждала толпа зверьков и птичек
**alle kleinen Vögel und Tiere stürzten sich auf Alice**
все птички и зверьки бросились на Алису
**aber sie rannte davon, so schnell sie konnte**
Но она убежала так быстро, как только могла
**und bald fand sie sich sicher in einem dichten Walde**
И вскоре она оказалась в безопасности в густом лесу
**Alice irrte im Walde umher**
Алиса бродила по лесу
**Und sie dachte bei sich:**

И она подумала про себя:

"Ich weiß, was ich zuerst zu tun habe"

«Я знаю, что мне нужно сделать в первую очередь»

"erst muss ich wieder auf meine richtige Größe wachsen"

«Сначала мне нужно снова вырасти до нужного размера»

"Und dann muss ich den Weg in diesen schönen Garten finden"

«И тогда мне нужно найти дорогу в этот прекрасный сад»

"Ich glaube, ich sollte irgendetwas essen oder trinken"

«Полагаю, мне следует есть или пить что-то или что-то еще»

"Aber die Frage ist, was soll ich essen oder trinken?"

— Но вопрос в том, что мне есть или пить?

Alice blickte sich um und betrachtete die Blumen

Алиса смотрела вокруг себя на цветы

Und sie schaute durch die Grashalme hindurch

и она смотрела сквозь травинки

aber sie konnte nichts zu essen und zu trinken sehen

но она не видела ничего, что можно было бы есть или пить

Nichts sah nach dem Richtigen zum Essen oder Trinken aus

Ничто не выглядело правильным для еды или питья

In ihrer Nähe wuchs ein großer Pilz

Рядом с ней рос большой гриб

der Pilz war ungefähr so groß wie Alice

гриб был примерно такой же высоты, как Алиса

Sie streckte sich auf den Zehenspitzen auf

Она вытянулась на цыпочках

Und sie guckte über den Rand des Pilzes

И она выглянула из-за края гриба

Ihre Augen trafen sofort die Augen einer großen blauen Raupe

Ее глаза тут же встретились с глазами большой голубой гусеницы

Die Raupe saß auf der Spitze des Pilzes

Гусеница сидела на верхушке гриба

und die Raupe hatte alle Arme gekreuzt

и гусеница скрестила все его руки

**Und er rauchte leise eine lange Wasserpfeife**
А он спокойно курил длинный кальян
**und er nahm nicht die geringste Notiz von irgendetwas**
и он ни на что не обращал ни малейшего внимания
**und er achtete gewiß nicht auf Alice**
и уж точно не обратил внимания на Алису

# Ratschläge von einer Raupe

Советы от гусеницы

**Endlich nahm die Raupe die Shisha aus dem Maul**

Наконец гусеница вынула кальян изо рта

**und er redete Alice mit einer trägen, schläfrigen Stimme an**

и он обратился к Алисе томным, сонным голосом

**"Wer bist du?" fragte die Raupe**

"Кто ты?" - спросила гусеница

**Alice antwortete etwas schüchtern: "Ich weiß es kaum, Sir."**

Алиса ответила довольно застенчиво: "Я не знаю, сэр"

**"Gerade im Moment ist alles ein bisschen..."**

«Просто на данный момент все это немного...»

**"Ich weiß, wer ich war, als ich heute Morgen aufgestanden bin."**

«Я знаю, кем я был, когда встал сегодня утром».

**"aber ich glaube, ich muss mich seitdem mehrmals verändert haben"**

— Но я думаю, что с тех пор я изменился несколько раз.

**"Was meinst du damit?" sagte die Raupe**

"Что ты хочешь этим сказать?" - спросила гусеница
**Streng forderte die Raupe sie auf, sich zu erklären**
Гусеница строго попросила ее объясниться
**»Ich kann mich nicht erklären, fürchte ich, Sir«, sagte Alice**
- Боюсь, я не могу объясниться, сэр, - сказала Алиса
**"weil ich nicht ich selbst bin"**
"потому что я не в себе"
**"Du siehst, es ist sehr verwirrend, so viele verschiedene
Größen an einem Tag zu haben"**
«Видите ли, быть таким разным размером в один день
очень сбивает с толку»
**Sie raffte sich auf und sagte sehr ernst:**
Она взяла себя в руки и сказала очень серьезно:
**"Ich denke, du solltest mir zuerst sagen, wer du bist"**
«Я думаю, ты должен сначала сказать мне, кто ты»
**"Warum?" fragte die Raupe**
"Почему?" - спросила гусеница
**Alice fiel kein guter Grund ein**
Алиса не могла придумать ни одной веской причины
**und die Raupe schien sich in einem sehr unangenehmen
Gemütszustand zu befinden**
И гусеница, казалось, была в очень неприятном душевном
состоянии
**also wandte sie sich ab**
Поэтому она отвернулась
**"Komm zurück!" rief ihr die Raupe nach**
"Возвращайся!" - крикнула ей вслед гусеница
**"Ich habe etwas Wichtiges zu sagen!"**
«Я хочу сказать кое-что важное!»
**Alice drehte sich um und kam wieder zurück**
Алиса повернулась и вернулась снова
**"Behalte die Fassung!" sagte die Raupe**
— Не теряй самообладания, — сказала гусеница
**»Ist das alles?« fragte Alice**
"И это все?" - спросила Алиса
**und sie schluckte ihren Zorn hinunter, so gut sie konnte**
И она проглотила свой гнев так хорошо, как только могла

"Nein!" sagte die Raupe

— Нет, — ответила гусеница

**Die Raupe breitete ihre Arme aus**

Гусеница развернула руки

**Und er nahm die Shisha wieder aus dem Mund**

и он снова вынул кальян изо рта

**Und er sagte: "Du glaubst also, du bist verändert, oder?"**

И он сказал: «Так ты думаешь, что изменился, не так ли?»

**»Ich fürchte, ich bin verändert, Sir,« sagte Alice**

- Боюсь, я изменилась, сэр, - сказала Алиса

**"Ich kann mich nicht mehr so an Dinge erinnern, wie ich sie früher in Erinnerung hatte"**

«Я не могу помнить вещи так, как я их помнил»

**"Und ich bleibe nicht länger als zehn Minuten gleich groß!"**

«И я не остаюсь одного и того же размера больше десяти минут!»

**"Wie groß willst du sein?" fragte die Raupe**

«Какого размера ты хочешь быть?» — спросила гусеница

**»Oh, es ist mir nicht besonders wichtig, wie groß ich bin«, erwiderte Alice hastig**

— О, мне все равно, какого я размера, — поспешно ответила Алиса

**"Ich mag es einfach nicht, so oft die Größe zu wechseln, weißt du"**

«Я просто не люблю так часто менять размер, знаешь ли»

**"Ich würde gerne etwas größer sein, Sir"**

«Я хотел бы быть немного больше, сэр»

**»wenn es dir nichts ausmacht,« fügte Alice hinzu**

-- Если бы вы не возражали, -- добавила Алиса

**"Zehn Zentimeter sind so eine erbärmliche Größe"**

«Десять сантиметров — это такая жалкая высота»

**"Das ist wirklich eine sehr gute Höhe!" sagte die Raupe ärgerlich**

"Это действительно очень хорошая высота!" - сердито сказала гусеница

**und er richtete sich auf, während er sprach**

и он выпрямился, когда говорил

**Er war genau zehn Zentimeter groß**

Он был ровно десять сантиметров в высоту

**In ein oder zwei Minuten war die Raupe vom Pilz heruntergekommen**

Через минуту-другую гусеница слезла с гриба

**und er kroch ins Gras**

И он уполз в траву

**Als er sich entfernte, machte er einige kleine Bemerkungen**

Уходя, он сделал несколько небольших замечаний

**"Eine Seite lässt dich größer werden"**

«С одной стороны ты станешь выше»

**"Und die andere Seite wird dich kleiner werden lassen"**

"А другая сторона заставит тебя стать ниже"

**"Eine Seite wovon?" dachte Alice bei sich**

"Одна сторона чего?" - подумала про себя Алиса

**"Die andere Seite von was?"**

— Другая сторона чего?

**"Die Seite des Pilzes!" sagte die Raupe**

— Сторона гриба, — сказала гусеница

**Es war, als hätte sie ihre Frage laut gestellt**

Как будто она задала свой вопрос вслух

**und im nächsten Augenblick war er außer Sichtweite**

А через мгновение он скрылся из виду

**Alice blieb stehen und betrachtete den Pilz nachdenklich**

Алиса осталась задумчиво смотреть на гриб

**Sie versuchte herauszufinden, welche die beiden Seiten des Pilzes waren**

Она пыталась разобрать, какие именно две стороны гриба

**Endlich streckte sie ihre Arme um den Pilz**

Наконец она обхватила гриб руками

**und sie brach ein Stück der Ränder ab**

и она немного отломила края

**»Und nun, welche Seite ist welche?« fragte sie sich**

«А теперь, какая сторона к чему?» — сказала она себе

**und sie knabberte ein wenig von dem Stück der rechten Hand**

И она откусила немного правой части

**Im nächsten Augenblick spürte sie einen heftigen Schlag unter ihrem Kinn**

В следующее мгновение она почувствовала сильный удар под подбородком

**Ihr Kinn hatte ihren Fuß getroffen!**

Ее подбородок ударился о ногу!

**Sie war sehr erschrocken über diese sehr plötzliche Veränderung**

Она была очень напугана этой внезапной переменой

**Sie schrumpfte sehr schnell**

Она очень быстро уменьшалась

**Also aß sie schnell etwas von dem anderen Stück Pilz**

Поэтому она быстро съела еще немного грибов

**Ihr Kinn war sehr eng gegen ihren Fuß gepresst**

Ее подбородок был очень плотно прижат к ноге

**Es war kaum Platz, um den Mund aufzumachen**

Едва ли было место, чтобы открыть рот

**aber schließlich gelang es ihr, den Mund aufzumachen**

Но в конце концов ей удалось открыть рот

**und sie schluckte einen Bissen von dem linken Stück**

И она проглотила кусочек левого удила

**»mein Kopf ist endlich frei!« sagte Alice**

"Наконец-то моя голова освободилась!" - сказала Алиса

**Sie blickte an sich herunter**

Она посмотрела на себя сверху вниз

**aber alles, was sie sehen konnte, war ein ungeheurer Hals**

но все, что она могла видеть, это огромная длинная шея

**Ihr Hals schien sich wie ein Stiel zu erheben**

Ее шея, казалось, поднималась вверх, как стебель

**Und sie blickte auf ein Meer von grünen Blättern hinab**

и она посмотрела вниз на море зеленых листьев

**"Wo sind meine Schultern geblieben?"**

«Куда дошли мои плечи?»

**»Und ach, meine armen Hände, wie kommt es, daß ich euch nicht sehen kann?«**

— И о, мои бедные руки, как это я вас не вижу?

**Aber ihr Hals hatte einen Vorteil**

Но у ее шеи было одно преимущество
**Sie konnte ihren Kopf in jede Richtung bewegen**
Она могла поворачивать головой в любом направлении
**Tatsächlich war sie wie eine Schlange**
На самом деле, она была просто как змея
**Sie senkte anmutig ihren Kopf im Zickzack**
Она грациозно зигзагообразно опустила голову вниз
**Und sie bewegte ihren Kopf durch die Bäume**
и она двигала головой между деревьями
**Aber dann hörte sie ein scharfes Zischen**
Но тут она услышала резкое шипение
**Und sie zog schnell den Kopf zurück**
И она быстро откинула голову назад
**Eine große Taube war ihr ins Gesicht geflogen**
Большой голубь влетел ей в лицо
**und die Taube fuhr mit den Flügeln heftig zusammen**
и голубь яростно держал крылья свои

»Schlange!« rief die Taube

"Змей!" - закричал голубь

"Ich bin keine Schlange!" sagte Alice entrüstet

-- Я не змея, -- возмутилась Алиса

"Laß mich in Ruhe!"

— Оставь меня в покое!

"Ich habe die Wurzeln von Bäumen ausprobiert"

«Я пробовал корни деревьев»

"Und ich habe es mit Hecken versucht", fuhr die Taube fort

— А я пробовал живые изгороди, — продолжал голубь

»Aber diese Schlangen! Man kann es ihnen nicht recht machen!"

— Но эти змеи! Им не угодишь!»

Alice war immer verwirrter

Алиса все больше и больше недоумевала

"Als ob es nicht schon Mühe genug wäre, die Eier auszubrüten!" sagte die Taube

— Как будто не хватило хлопот с высиживанием яиц, — сказал голубь

"Tag und Nacht muss ich mich auch vor Schlangen in Acht nehmen!"

«Ночью и днем я должен остерегаться змей!»

"Ich hatte gerade den höchsten Baum im Wald gefunden"

«Я только что нашел самое высокое дерево в лесу»

"Wäre ich hier sicher frei von Schlangen?"

— Конечно, я был бы свободен от змей здесь?

"Und heraus kommt eine Schlange vom Himmel!"

«И выходит змей с неба!»

"Aber ich bin keine Schlange, sage ich dir!" sagte Alice

- Но я же не змея, скажу я вам, - сказала Алиса

"Ich bin ein... Ich bin ein... Ich bin ein kleines Mädchen«, fügte sie etwas zweifelnd hinzu

«Я... Я... Я маленькая девочка, — добавила она с некоторым сомнением

Schließlich hatte sie viele Veränderungen durchgemacht

В конце концов, она пережила много перемен

"Du suchst Eier!" sagte die Taube

«Ты ищешь яйца», — сказал голубь

"Das weiß ich mit Sicherheit"

«Я знаю это наверняка»

"Und was macht es aus, ob du ein kleines Mädchen oder eine Schlange bist?"

«И какая разница, маленькая ты девочка или змейка?»

»Es liegt mir sehr viel daran,« sagte Alice hastig

-- Для меня это очень важно, -- поспешно сказала Алиса

"Aber ich bin nicht auf der Suche nach Eiern, wie es der Zufall will"

«Но я не ищу яиц, как это бывает»

"Und ich würde deine Eier sowieso nicht wollen"

— И мне все равно не нужны твои яйца.

"Ich mag meine Eier nicht roh"

«Я не люблю, когда мои яйца сырые»

»Nun, dann fort!« sagte die Taube in mürrischem Tone

— Ну, тогда уходи, — сказал голубь угрюмым тоном

und die Taube ließ sich wieder in ihrem Nest nieder

И голубь снова устроился в своем гнезде

Alice kauerte sich zwischen die Bäume, so gut sie konnte

Алиса присела на корточки среди деревьев, как только могла

Ihr Hals verfing sich immer wieder zwischen den Ästen

Ее шея все время запутывалась в ветвях

Hin und wieder musste sie anhalten und ihren Hals aufdrehen

Время от времени ей приходилось останавливаться и разворачивать шею

Nach einer Weile erinnerte sie sich an den Pilz

Через некоторое время она вспомнила о грибе

Sie hielt die Pilzstücke noch immer in ihren Händen

Она все еще держала в руках кусочки грибов

Und sie machte sich sehr vorsichtig an die Arbeit

И она принялась за работу очень тщательно

Zuerst knabberte sie an einem Stück

Сначала она откусила кусочек

Und dann knabberte sie an dem anderen Stück

А затем она откусила другой кусок

**Manchmal wurde sie größer**

Иногда она становилась выше

**und manchmal wurde sie kleiner**

а иногда она становилась короче

**Aber schließlich erreichte sie ihre übliche Größe**

Но в конце концов она достигла своего обычного роста

**Sie war schon seit einiger Zeit nicht mehr so groß wie sie selbst**

Какое-то время она не была своего роста

**So fühlte sich alles eine Zeit lang seltsam an**

Так что какое-то время все казалось странным

**"Das nächste, was zu tun ist, ist, in diesen schönen Garten zu gehen"**

«Следующее, что нужно сделать, это попасть в этот прекрасный сад»

**»wie soll man das machen?«**

— Интересно, как это сделать?

**Während sie dies sagte, stieß sie auf einen offenen Platz**

Сказав это, она наткнулась на открытое место

**Da war ein kleines Haus, etwas höher als einen Meter**

там был маленький домик, чуть выше метра

**"Ich frage mich, wer in diesem kleinen Haus wohnt"**

«Интересно, кто живет в этом домике?»

**"So groß wie ich bin, kann ich sicher nicht reingehen"**

«Я, конечно, не могу войти так сильно, как я есть»

**"Ich würde sie fürchterlich erschrecken!"**

«Я бы их ужасно напугал!»

**Also knabberte sie wieder an dem kleinen Pilz**

Поэтому она снова откусила маленький гриб

**Und bald brachte sie sich dreißig Zentimeter tief**

И вскоре она опустилась вниз на тридцать сантиметров

## Ein Schwein und etwas Pfeffer
Свинья и немного перца

**Ein oder zwei Minuten lang stand sie da und betrachtete das Haus**

Минуту или две она стояла, глядя на дом

**Plötzlich kam ein Lakai aus dem Walde gerannt**

Вдруг из леса выбежал лакей

**Er trug eine spezielle Livree-Uniform**

Он был одет в специальную ливрейную форму

**Seinem Gesicht nach zu urteilen, hätte sie ihn einen Fisch genannt**

Судя только по его лицу, она бы назвала его рыбой

**und er klopfte laut mit den Fingerknöcheln an die Tür**

и он громко постучал костяшками пальцев в дверь

**Die Tür wurde von einem anderen Lakaien geöffnet**

Дверь открыл другой лакей

**Auch dieser Lakai trug eine besondere Livree**

Этот лакей тоже был одет в специальную ливрею

**Dieser Lakai hatte ein rundes Gesicht und große Augen wie ein Frosch**

У этого лакея было круглое лицо и большие глаза, как у лягушки

**Der Lakai, der wie ein Fisch aussah, leitete die Zeremonie ein**

Лакей, похожий на рыбу, инициировал церемонию

**Er zog etwas unter seinem Arm hervor**

Он вытащил что-то из-под мышки

**Und er zog unter seinem Arm einen Umschlag hervor**

И он вытащил из-под мышки конверт

**und diesen Umschlag übergab er dem andern Lakaien**

И этот конверт он передал другому лакею

**In zeremoniellem Tone teilte er ihm die Befehle mit**

Церемонным тоном он передал ему приказ

**"Diese Botschaft ist für die Herzogin"**

«Это послание для герцогини»

**"Eine Einladung der Königin zum Krocketspielen"**

"Приглашение от королевы поиграть в крокет"

**Der Lakai, der wie ein Frosch aussah, wiederholte den Befehl**

Лакей, похожий на лягушку, повторил приказ

**"Von der Königin"**

«От королевы»

**"Eine Einladung"**

«Приглашение»

**"für die Herzogin"**

"для герцогини"

**"Krocket spielen"**

«Игра в крокет»

**Dann verbeugten sie sich beide tief**

Затем они оба низко поклонились

**und die Locken in ihren Perücken verwickelten sich ineinander**

и кудри в их париках спутались

**Bald war der Lakai, der wie ein Fisch aussah, verschwunden**

Вскоре лакей, похожий на рыбу, исчез

**Aber der Lakai, der wie ein Frosch aussah, war immer noch da**

Но лакей, похожий на лягушку, все еще был там

**Er saß auf dem Boden in der Nähe der Tür**

Он сидел на земле возле двери

**Er starrte dumm in den Himmel**

Он тупо смотрел в небо

**Alice ging schüchtern zur Tür und klopfte**

Алиса робко подошла к двери и постучала

**»Es hat keinen Zweck, anzuklopfen,« sagte der Lakai**

— Стучать бесполезно, — сказал лакей

**"Und das aus zwei Gründen"**

"И это по двум причинам"

**"Erstens, weil ich auf der gleichen Seite der Tür stehe wie du"**

«Во-первых, потому что я нахожусь по ту же сторону двери, что и вы»

**"Zweitens, weil sie drinnen so viel Lärm machen"**

«Во-вторых, потому что они создают так много шума внутри»

**"Niemand könnte dich hören"**

«Никто не мог тебя услышать»

**Und es war gewiß ein höchst merkwürdiger Lärm im Innern**

И действительно, внутри происходил самый необычайный шум

**ein ständiges Heulen und Niesen**

постоянный вой и чихание

**und ab und zu ein Geräusch von großem Krachen**

и время от времени раздается звук громкого грохота

**als ob eine Schüssel oder ein Wasserkocher in Stücke zerbrochen wäre**

как будто посуду или чайник разбили на куски

**"Wie soll ich da reinkommen?" fragte Alice**

"Как мне войти?" - спросила Алиса

**»Wollen Sie überhaupt hineinkommen?« fragte der Lakai**

«Стоит ли вам вообще входить?» — спросил лакей

**"Das ist die erste Frage, weißt du"**

«Это первый вопрос, знаешь ли»

**Alice öffnete die Tür und trat ein**

Алиса открыла дверь и вошла

**Die Tür führte direkt in eine große Küche**

Дверь вела прямо на большую кухню
**Die Küche war von einem Ende bis zum anderen voller Rauch**
Кухня была полна дыма от одного конца до другого
**in der Mitte der Küche saß die Herzogin**
посреди кухни стояла герцогиня
**Sie saß auf einem dreibeinigen Hocker**
Она сидела на табурете на трех ножках
**und sie stillte ein Baby**
и она кормила грудью ребенка
**Die Köchin beugte sich über das Feuer**
Повар склонился над огнем
**Er rührte einen großen Kessel**
Он помешивал большой котел
**und der Kessel schien mit Suppe gefüllt zu sein**
И котел казался полным супа
**"Da ist sicher zu viel Pfeffer drin!" sagte Alice zu sich selbst**
«В этом супе определенно слишком много перца!» — сказала себе Алиса
**Sie sagte es, so gut sie konnte, ohne zu niesen**
Она сказала это как могла, не чихая
**Sogar die Herzogin nieste gelegentlich**
Даже герцогиня изредка чихала
**Aber die Handlungen des Babys waren am bemerkenswertesten**
Но самыми примечательными были действия малыша
**Das Baby nieste und heulte abwechselnd**
малыш чихал и выл попеременно
**Es gab keinen Augenblick Pause zwischen Heulen und Niesen**
Не было ни минуты паузы между воем и чиханием
**Es gab zwei Kreaturen in der Küche, die nicht niesten**
На кухне было два существа, которые не чихали
**Die Köchin war zu beschäftigt, um zu niesen**
Повар был слишком занят, чтобы чихнуть
**Und die große Katze schien sich nicht an dem Pfeffer zu stören**

Да и большая кошка, казалось, не возражала против перца

**Stattdessen grinste die große Katze von einem Ohr zum anderen**

Вместо этого большая кошка ухмылялась от уха до уха

**»Bitte, würdest du es mir sagen,« sagte Alice ein wenig schüchtern**

- Пожалуйста, скажи мне, - сказала Алиса немного робко

**"Warum grinst deine Katze so?"**

«Почему твоя кошка так ухмыляется?»

**»Es ist eine Cheshire-Katze,« sagte die Herzogin**

— Это чеширский кот, — сказала герцогиня

**"Und deshalb grinst er von Ohr zu Ohr"**

«И именно поэтому он улыбается от уха до уха»

**"Ich wusste nicht, dass eine Cheshire-Katze immer grinst"**

«Я не знал, что чеширский кот всегда ухмыляется»

**"Eigentlich wusste ich nicht, dass Katzen grinsen können", sagte Alice**

— В самом деле, я не знала, что кошки могут ухмыляться, — сказала Алиса

**»Es gibt vieles, was Sie nicht wissen,« sagte die Herzogin**

— Вы многого не знаете, — сказала герцогиня

**"Es gibt vieles, was man nicht weiß, und das ist eine Tatsache"**

«Есть многое, чего вы не знаете, и это факт»

**In diesem Augenblick nahm die Köchin den Kessel mit der Suppe vom Feuer**

В этот момент повар снял с огня котел с супом

**Und sogleich fing sie an, alles in ihre Reichweite zu werfen**

И тут же она начала бросать все, что попадалось ей под руку

**sie warf alles, was sie konnte, auf die Herzogin und das Baby**

она бросила все, что могла, в герцогиню и младенца

**Zuerst warf sie die Feuereisen**

Сначала она бросила кандалы

**Dann warf sie eine Handvoll Töpfe**

Затем она бросила горсть кастрюль

und schließlich warf sie die Teller und Schüsseln
И, наконец, она бросила тарелки и блюда
Die Herzogin nahm keine Notiz von ihr
Герцогиня не обратила на нее внимания
Selbst als sie von einem Teller getroffen wurde, machte sie
sich keine Sorgen
Даже когда в нее попала тарелка, она не волновалась
Das Baby heulte schon so viel
Малыш уже так сильно выл
Es war also unmöglich zu sagen, ob die Schläge das Baby
verletzt haben oder nicht
Так что сказать было невозможно, больно ли удары
ранили малыша или нет
"Oh, gib bitte acht, was du tust!" rief Alice
"О, пожалуйста, не обращай внимания на то, что ты
делаешь!" - воскликнула Алиса
und sie sprang in Todesangst des Entsetzens auf und ab
И она подпрыгивала вверх и вниз в агонии ужаса
die Herzogin bot Alice das Baby an
герцогиня предложила Алисе ребенка
»Hier! Du kannst das Kind ein wenig stillen, wenn du
willst!«
— Вот! Если хочешь, можешь немного покормить ребенка!
Und sie schleuderte das Kind nach ihr, während sie sprach
и она швырнула в нее ребенка, пока говорила
"Ich muss gehen und mich darauf vorbereiten, mit der
Königin Krocket zu spielen"
«Мне нужно идти и готовиться к игре в крокет с дамой»
und sie eilte aus dem Zimmer
И она поспешно вышла из комнаты
Alice fing das Baby mit einiger Mühe auf
Алиса поймала малыша с некоторым трудом
weil es ein sehr seltsam geformtes kleines Wesen war
Потому что это было маленькое существо очень странной
формы
Und das Kind streckte seine Arme und Beine nach allen
Richtungen aus

и младенец протягивал свои ручки и ножки во все стороны
**"Das Kind nehme ich lieber mit!" dachte Alice**
"Я лучше возьму этого ребенка с собой", - подумала Алиса
**"Sie werden dieses Baby sicher in ein oder zwei Tagen töten"**
«Они наверняка убьют этого ребенка через день или два»
**"Wäre es nicht Mord, dieses Baby zurückzulassen?"**
«Разве не было бы убийством оставить этого ребенка?»
**Sie sprach die letzten Worte laut aus**
Последние слова она произнесла вслух
**Und das kleine Ding grunzte als Antwort**
И малышка хмыкнула в ответ
**"Du verwandelst dich am besten nicht in ein Schwein, meine Liebe!" sagte Alice**
- Тебе лучше не превращаться в свинью, моя дорогая, - сказала Алиса
**"sonst habe ich nichts mehr mit dir zu tun"**
«Или я больше не буду иметь с вами ничего общего»
**Alice fing eben an, bei sich selbst zu denken:**
Алиса только начинала думать про себя:
**»Nun, was soll ich mit diesem Geschöpf anfangen, wenn ich es nach Hause bringe?«**
— Что же мне делать с этим существом, когда я вернусь домой?
**Aber dann grunzte das kleine Geschöpf ein wenig heftig**
Но тут маленькое существо немного сильно заворчало
**und Alice sah ihm erschrocken ins Gesicht**
и Алиса с некоторой тревогой посмотрела ему в лицо
**Diesmal konnte es keinen Irrtum geben**
На этот раз ошибки быть не могло
**Es war nicht mehr und nicht weniger als ein Schwein**
это была не больше и не меньше свинья
**Da setzte sie das kleine Geschöpf ab**
Поэтому она усадила маленькое существо
**und das kleine Geschöpf trabte leise in den Wald hinein**
и маленькое существо тихо побежало рысью в лес

**Alice war ziemlich erleichtert, als sie die Kreatur verschwinden sah**

Алиса почувствовала облегчение, увидев, как существо ушло

**Alice erschrak ein wenig, als sie die Cheshire-Katze sah**

Алиса была немного поражена, увидев Чеширского Кота

**Er saß auf einem Ast eines Baumes, ein paar Meter entfernt**

он сидел на ветке дерева в нескольких ярдах от него

**Die Katze grinste nur, als sie sie sah**

Кошка только ухмыльнулась, увидев ее

**»Cheshire-Katze,« begann Alice etwas schüchtern**

-- Чеширский кот, -- робко начала Алиса

**»Würden Sie mir bitte sagen, welchen Weg ich von hier aus einschlagen soll?«**

— Не могли бы вы сказать мне, в какую сторону мне следует идти отсюда?

**"In diese Richtung", sagte die Katze**

— В ту сторону, — ответил кот

**Und er fuchtelte mit der rechten Pfote herum**

и он взмахнул правой лапой по кругу

**"In dieser Richtung lebt ein Hutmacher"**

«В том направлении живет производитель шляп»

**Und dann winkte die Katze mit der anderen Pfote**

И тогда кошка махнула другой лапой

**"Und in dieser Richtung wohnt ein Märzhase"**

"И в ту сторону живет мартовский заяц"

**»Besuchen Sie, wen Sie wollen; Sie sind beide verrückt"**

— Приходите в любой из них, как вам угодно; Они оба сумасшедшие».

**»Aber ich will nicht unter Verrückte gehen«, bemerkte Alice**

— Но я не хочу ходить среди сумасшедших, — заметила Алиса

**"Ach, dafür kannst du nicht helfen!" sagte die Katze**

— О, ничего не поделаешь, — сказал Кот

**"Wir sind alle verrückt hier"**

«Мы все здесь с ума сходим»

**"Spielst du heute Krocket mit der Queen?"**

«Ты сегодня играешь в крокет с дамой?»

**"Das würde ich sehr gerne!" sagte Alice**

- Мне бы очень хотелось, - сказала Алиса

**"aber ich bin noch nicht eingeladen worden"**

"но меня еще не пригласили"

**"Du wirst mich dort sehen!" sagte die Katze**

— Ты увидишь меня там, — сказал Кот

**Und von einem Augenblick auf den anderen verschwand die Katze**

И то и дело кошка исчезала

**bald kam Alice in Sichtweite des Hauses des Märzhasen**

Вскоре Алиса увидела домик мартовского зайца

**Das war ein sehr großes Haus**

Это был очень большой дом

**Alice wollte also nicht in die Nähe des Hauses gehen**

поэтому Алиса не хотела приближаться к дому

**Zuerst musste sie noch etwas von dem linken Stück Pilz knabbern**

Сначала ей нужно было откусить еще немного гриба с левой стороны

**Eine verrückte Teeparty**
Безумное чаепитие

**Vor dem Haus stand ein Baum**
Перед домом росло дерево

**Und unter dem Baum stand ein Tisch**
а под деревом стоял стол

**und der Tisch war mit allerlei Besteck gedeckt**
а стол был накрыт всевозможными столовыми приборами

**Der Märzhase und der Hutmacher saßen bei Tisch**
За столом сидели мартовский заяц и шляпник

**und zusammen tranken sie Tee**
и вместе они пили чай

**Ein Siebenschläfer saß zwischen ihnen**
Между ними сидела соня

**und der Siebenschläfer schlief fest**
а соня крепко спала

**Der Tisch war von außergewöhnlicher Größe**
Стол был необычайных размеров

**Aber der größte Teil des Tisches war unbesetzt**
Но большая часть стола была пуста

**Sie saßen dicht gedrängt an einer Ecke des Tisches**
Они теснились друг к другу в одном углу стола

**und doch entschuldigten sie sich, als sie Alice sahen**
и все же они находили оправдания, когда видели Алису

**»Kein Platz! Kein Platz!« schrien sie**
«Нет места! Нет места!» — закричали они

**»Es ist viel Platz!« sagte Alice entrüstet**
-- Здесь много места, -- возмутилась Алиса

**An einem Ende des Tisches stand ein großer Sessel**
На одном конце стола стояло большое кресло

**und Alice setzte sich in den Sessel**
и Алиса уселась в кресло

**Der Hutmacher riss die Augen weit auf**
Шляпник широко раскрыл глаза

**Er konnte nicht glauben, was er da sah**
Он не мог поверить в то, что видел

**aber sein Geist war neugierig auf andere Dinge**

Но его ум был любопытен к другим вещам
**»Warum ist ein Rabe wie ein Schreibtisch?«**
«Почему ворон похож на письменный стол?»
**Alice war offen für die Herausforderung**
Элис была открыта для вызова
**"Ich bin froh, dass sie angefangen haben, Rätsel zu stellen"**
«Я рад, что они начали задавать загадки»
**»Ich glaube, das kann ich erraten«, fügte sie laut hinzu**
— Кажется, я догадываюсь об этом, — добавила она вслух
**Der Märzhase wurde neugierig auf Alice**
Походный заяц заинтересовался Алисой
**"Glaubst du wirklich, dass du die Antwort finden kannst?"**
«Вы действительно думаете, что сможете найти ответ?»
**»Ich glaube, ich kann die Antwort finden,« sagte Alice**
- Кажется, я действительно найду ответ, - сказала Алиса
**»Dann sollst du sagen, was du meinst,« fuhr der Märzhase fort**
— Тогда ты должен сказать, что ты имеешь в виду, — продолжал походный заяц
**»Ich sage, was ich meine,« erwiderte Alice hastig**
-- Я говорю то, что имею в виду, -- поспешно ответила Алиса
**"Zumindest meine ich ernst, was ich sage"**
«по крайней мере, я имею в виду то, что говорю»
**"Das ist dasselbe, weißt du"**
«Это одно и то же, знаешь ли»
**Auch der Siebenschläfer trug zu dem Gespräch bei**
Соня тоже внесла свой вклад в разговор
**Aber der Siebenschläfer schien im Schlaf zu sprechen**
Но соня словно разговаривала во сне
**"Ich atme, wenn ich schlafe"**
«Я дышу, когда сплю»
**"Ich schlafe, wenn ich atme!"**
«Я сплю, когда дышу!»
**"Man könnte genauso gut sagen, dass sie auch gleich sind"**
«С таким же успехом можно сказать, что они тоже одно и то же»

**"So ist es auch bei dir!" sagte der Hutmacher**
«То же самое и с вами», — сказал шляпник
**und er goß ein wenig Tee über die Nase des Siebenschläfers**
И он налил немного чая на нос сони
**Das Murmelthier schüttelte ungeduldig den Kopf**
Соня нетерпеливо покачала головой
**Und wieder sprach das Murmelmaus, ohne die Augen zu öffnen**
И снова соня заговорила, не открывая глаз
**"Natürlich, natürlich ist es dasselbe"**
«Конечно, конечно, это то же самое»
**"Das wollte ich ja auch sagen"**
«Это просто то, что я собирался сказать сам»

**Der Hutmacher wandte sich an Alice und stellte eine weitere Frage**

Шляпник повернулся к Алисе и задал еще один вопрос

**"Hast du das Rätsel schon erraten?"**

— Ты уже разгадал загадку?

**"Nein, ich gebe auf", gab Alice zu**

— Нет, я сдаюсь, — согласилась Алиса

**"Was ist die Antwort?", wollte sie wissen**

«Каков ответ?» — спросила она

**»Ich habe nicht die geringste Ahnung,« sagte der Hutmacher**

— Я понятия не имею, — сказал шляпник

**"Ich weiß es auch nicht!" sagte der Märzhase**

— И я тоже не знаю, — сказал походный заяц

**Alice stieß einen müden Seufzer aus**

Алиса устало вздохнула

**"Es gibt eine bessere Nutzung der Zeit als Rätsel ohne Antworten"**

«Есть лучшее применение времени, чем загадки без ответов»

**»Trinken Sie noch etwas Tee,« sagte der Märzhase sehr ernst zu Alice**

-- Выпей еще чаю, -- очень серьезно сказал Алисе Мартовский Заяц

**Alice war ziemlich beleidigt über das Angebot**

Алиса была весьма оскорблена этим предложением

**»Ich habe noch keinen Tee getrunken,« erwiderte Alice**

— Я еще не пила чай, — ответила Алиса

**"Deshalb kann ich keinen Tee mehr trinken"**

«Поэтому я больше не могу пить чай»

**»Du meinst, weniger Tee kannst du nicht haben«, sagte der Hutmacher**

«Ты хочешь сказать, что не можешь пить меньше чая», — сказал шляпник

**"Es ist sehr einfach, mehr als nichts zu nehmen"**

«Очень легко взять больше, чем ничего»

**Bei diesen Worten erhob sich Alice und ging fort**

С этими словами Алиса встала и пошла прочь

**Der Siebenschläfer schlief augenblicklich ein**

Соня мгновенно уснула

**und keiner der andern nahm die geringste Notiz davon, daß sie ging**

и никто из остальных не обратил ни малейшего внимания на ее уход

**obwohl sie ein- oder zweimal zurückblickte**

хотя она оглянулась один или два раза назад

**Sie versuchten, den Siebenschläfer in die Teekanne zu stecken**

Они пытались засунуть соню в чайник

**"Jedenfalls werde ich nie wieder dorthin gehen!" sagte Alice**

- Во всяком случае, я никогда больше туда не поеду, - сказала Алиса

**Und sie ging ihren Weg durch den Wald**

И она шла по лесу

**"Das war die dümmste Teeparty, auf der ich je war"**

«Это было самое глупое чаепитие, на котором я когда-либо был»

**Gerade als sie das sagte, bemerkte sie etwas**

Как только она сказала это, она что-то заметила

**Einer der Bäume hatte eine Tür, die direkt hineinführte**

На одном из деревьев была дверь, ведущая прямо в него

**»Das ist sehr interessant!« dachte sie**

«Это очень интересно!» — подумала она

**"Ich denke, ich kann genauso gut durch die Tür gehen"**

— Думаю, я могу пройти через дверь.

**Und durch die Tür ging sie**

И через дверь она вошла

**Wieder befand sie sich in der langen Halle**

И снова она очутилась в длинном зале

**Wieder stand sie dicht an dem kleinen Glastisch**

Она снова подошла к маленькому стеклянному столику

**Sie nahm den kleinen goldenen Schlüssel**

Она взяла маленький золотой ключик

**und sie schloß die Tür auf, die in den Garten führte**

И она отперла дверь, ведущую в сад

**Dann machte sie sich daran, an dem Pilz zu knabbern**
Затем она принялась грызть гриб
**Sie hatte ein Stück des Pilzes in ihrer Tasche aufbewahrt**
Она держала в кармане кусочек гриба
**Und schließlich war sie etwa einen Meter groß**
И, наконец, она была около метра ростом
**dann ging sie den kleinen Korridor hinunter**
Затем она пошла по маленькому коридору
**Und dann fand sie sich endlich in dem schönen Garten wieder**
И вот она, наконец, оказалась в прекрасном саду
**Und sie war zwischen den hellen Blumen und den kühlen Springbrunnen**
И она была среди ярких цветов и прохладных фонтанов

## Der Krocketplatz der Königinnen

Площадка для крокета королевы

**Ein großer Rosenstrauch stand in der Nähe des Eingangs des Gartens**

Большое розовое дерево стояло у входа в сад

**Die Rosen, die an dem Baum wuchsen, waren weiß**

Розы, растущие на дереве, были белыми

**aber es waren drei Gärtner, die die Rose bemalten**

Но было три садовника, которые рисовали розу

**Sie waren damit beschäftigt, die Rosen rot zu färben**

Они деловито красили розы в красный цвет

**und Alice sah zu, wie sie die Rosen rot färbten**

и Алиса смотрела, как они красят розы в красный цвет

**und plötzlich fielen ihre Augen zufällig auf Alice**

и вдруг их взгляд случайно упал на Алису

**Alice sprach ein wenig schüchtern**

Алиса заговорила немного робко

**»Würden Sie es mir bitte sagen?«**

— Не могли бы вы рассказать мне, пожалуйста?

**"Warum malt ihr alle diese Rosen?"**

«Почему вы все рисуете эти розы?»

**Fünf und Sieben sagten nichts, sondern sahen zwei an**

Пять и семь ничего не сказали, но посмотрели на двоих

**zwei Sprecher, mit leiser Stimme**

двое говорили тихим голосом

**»Nun, die Sache ist die, sehen Sie, gnädige Frau.«**

— Ну, дело в том, видите ли, сударыня.

**"Das hier hätte ein roter Rosenstrauch sein sollen"**

— Это должно было быть красное розовое дерево.

**"Und wir haben aus Versehen einen weißen Rosenstrauch hineingesetzt"**

«И мы по ошибке посадили белое розовое дерево»

**"Wie Sie mir zustimmen würden, darf die Königin es nicht herausfinden"**

«Согласитесь, королева не должна об этом узнать»

**"Sonst würden wir uns allen die Köpfe abschneiden"**

«Иначе нам бы всем отрубили головы»

"Sie sehen also, gnädige Frau, wir tun unser Bestes"
«Итак, вы видите, мадам, мы делаем все, что в наших силах»
Karte fünf hatte ängstlich über den Garten geschaut
Пятая карта с тревогой смотрела на сад
In diesem Augenblick rief die fünfte Karte: "Die Königin! Die Königin!"
В этот момент пятая карта крикнула: «Дама! Королева!
und die drei Gärtner eilten augenblicklich davon
И трое садовников мгновенно поспешили прочь
und sie warfen sich flach auf ihre Gesichter
и они бросились лицом к лицу
Man hörte das Geräusch vieler Schritte
Послышались многочисленные шаги
Alice sah sich um, begierig darauf, die Königin zu sehen
Алиса оглянулась, желая увидеть королеву
Am Anfang des Zuges standen zehn Soldaten
В начале процессии стояли десять солдат
Ihre Hände und Füße waren in den Ecken
их руки и ноги лежали по углам
und in ihren Händen und Füßen waren Keulen
и в руках и ногах у них были дубинки
Als nächstes kamen die zehn Höflinge
Далее шли десять придворных
die Höflinge waren über und über mit Diamanten geschmückt
Придворные были украшены бриллиантами
Nach den Höflingen kamen die königlichen Kinder
Вслед за придворными шли царские дети
Es waren zehn der königlichen Kinder
Царских детей было десять
und alle königlichen Kinder waren mit Herzen geschmückt
и все царские дети были украшены сердечками
Dann kamen die Gäste; Meist Könige und Königinnen
Затем пришли гости; В основном короли и королевы
und unter den Königen und Königinnen sah Alice jemanden
а среди королей и королевы Алиса увидела кого-то

**Sie sah wieder das weiße Kaninchen, das sie gejagt hatte**

Она снова увидела белого кролика, за которым гналась

**Der Prozession folgte der Spitzbube der Herzen**

За процессией следовал валет сердец

**Er trug die Krone des Königs**

Он нес корону короля

**und die Krone des Königs lag auf einem purpurnen Samtkissen**

Корона царя лежала на подушке из малинового бархата

**Und dann kam das Ende dieser großen Prozession**

И вот наступил конец этой грандиозной процессии

**Und da waren am Ende der König und die Königin der Herzen**

И вот в конце были король и королева червей

**der Zug kam Alice gegenüber**

процессия шла противоположно Алисе

**Und alle blieben stehen und sahen sie an**

И все они остановились и посмотрели на нее

**Und die Königin sprach streng: "Wer ist das?"**

И царица строго спросила: "Кто это?"

**Sie sagte es zum Herzknaben**

Она сказала это Валету Червей

**aber er verbeugte sich nur und lächelte als Antwort**

Но он только поклонился и улыбнулся в ответ

**Alice sprach sehr höflich**

Алиса говорила очень вежливо

**"Mein Name ist Alice, also bitte, Eure Majestät"**

"Меня зовут Алиса, пожалуйста, ваше величество"

**Aber sie hatte andere Gedanken für sich**

Но у нее были другие мысли

**"Es ist doch nur ein Kartenspiel!"**

— В конце концов, это всего лишь колода карт!

**»Kannst du Krocket spielen?« rief die Königin**

"Ты умеешь играть в крокет?" - закричала королева

**Die Frage war offenbar an Alice gerichtet**

Вопрос, очевидно, предназначался для Алисы

**"Ja!" sagte Alice laut**

"Да!" - громко сказала Алиса
**"Komm also spielen!" brüllte die Königin**
"Тогда давай играть!" - закричала королева
**sprach eine schüchterne Stimme zu Alice**
робкий голос обратился к Алисе
**"Es ist ein sehr schöner Tag!"**
«Сегодня очень хороший день!»
**Sie ging an dem weißen Kaninchen vorbei**
Она шла мимо белого кролика
**und das weiße Kaninchen guckte ihr ängstlich ins Gesicht**
а Белый Кролик с тревогой заглядывал ей в лицо
**»ein sehr schöner Tag,« bestätigte Alice**
- Очень хороший день, - подтвердила Алиса
**»Wo ist die Herzogin?«**
— Где герцогиня?
**»Still! Still!" sagte das Kaninchen**
«Тише! Тише!» — сказал Кролик
**"Sie ist zum Tode verurteilt"**
«Она приговорена к смертной казни»
**»Wofür wird sie hingerichtet?« fragte Alice**
"За что ее казнят?" - спросила Алиса
**"Sie hat der Königin die Ohren abgewetzt", begann das
Kaninchen**
— Она поцарапала королеве уши, — начал кролик
**schrie die Königin mit Donnerstimme**
— закричала королева громовым голосом
**"Ran an eure Plätze!"**
«Идите по своим местам!»
**Und die Leute rannten in alle Richtungen herum**
и люди начали бегать во все стороны
**Und sie fielen alle aneinander**
и все они навалились друг на друга
**Sie hatten sich jedoch in ein oder zwei Minuten beruhigt**
Тем не менее, они успокоились через минуту или две
**Und dann begann das Spiel**
И тут началась игра
**Alice hatte noch nie einen so merkwürdigen Krocketplatz**

gesehen

Алиса никогда не видела такой любопытной площадки
для крокета

**Das Gras bestand nur aus Graten und Furchen**

Трава была сплошь в гребнях и бороздах

**Die Krocketbälle waren echte Igel**

Крокетные шары были настоящими ежами

**und die Schlägel waren echte Flamingos**

А молотки были настоящими фламинго

**und die Soldaten standen auf Händen und Füßen**

и воины стояли на руках и ногах

**weil die Bögen aus ihren Körpern gemacht wurden**

потому что арки были сделаны из их тел

**Die Spieler spielten alle gleichzeitig**

Все игроки играли одновременно

**Niemand wartete, bis er an der Reihe war**

Никто не ждал своей очереди

**und jeder stritt sich mit jedem**

и все со всеми переругались

**und alle kämpften für die Igel**

и все дрались за ежей

**Bald geriet die Königin in eine wütende Leidenschaft**

Вскоре королева пришла в бешеную страсть

**Und sie fing an, herumzustampfen und zu schreien**

И она начала топать ногами и кричать

**»Hacken Sie ihm den Kopf ab!«**

«Отрубите ему голову!»

**"Hack ihr den Kopf ab!"**

«Отрубите ей голову!»

**"Hackt ihnen alle Köpfe ab!"**

«Отрубите им все головы!»

**Wieder dachte Alice bei sich.**

И снова Алиса подумала про себя

**"Sie lieben es schrecklich, hier Menschen zu enthaupten"**

«Здесь ужасно любят обезглавливать людей»

**"Das große Wunder ist, dass überhaupt noch jemand am
Leben ist!"**

«Великое чудо в том, что кто-то остался в живых!»
**Sie sah sich nach einem Ausweg um**
Она искала какой-нибудь способ сбежать
**Sie bemerkte eine merkwürdige Erscheinung in der Luft**
Она заметила любопытное появление в воздухе
**»Es ist die Cheshire-Katze,« sagte sie zu sich selbst**
«Это чеширский кот», — сказала она себе
**"Jetzt habe ich jemanden, mit dem ich reden kann"**
— Теперь мне будет с кем поговорить.
**"Wie geht es dir?" fragte die Katze**
"Как у тебя дела?" - спросил кот
**»Ich glaube nicht, daß sie ganz und gar fair spielen«, sagte
Alice**
«Я не думаю, что они играют честно», — сказала Элис
**Und sie hatte einen ziemlich klagenden Ton**
и у нее был довольно жалобный тон
**"Sie streiten sich alle so fürchterlich"**
«Они все так ужасно ссорятся»
**"Man hört sich selbst nicht sprechen"**
«Человек не слышит своей речи»
**"Und sie scheinen sich nicht an irgendwelche Regeln zu
halten"**
"И они, похоже, не играют ни по каким правилам"
**die Katze stellte Alice mit leiser Stimme eine Frage**
Кошка вполголоса задала вопрос Алисе
**"Wie gefällt dir die Königin?"**
— Как тебе королева?
**»Ich mag sie gar nicht,« sagte Alice**
— Она мне совсем не нравится, — сказала Алиса

**Alice dachte, sie könnte genauso gut zurückgehen**

Алиса подумала, что с таким же успехом она могла бы вернуться

**Sie wollte sehen, wie das Spiel läuft**

Она хотела посмотреть, как идет игра

**Sie machte sich auf die Suche nach ihrem Igel**

Она отправилась на поиски своего ежа

**Der Igel war damit beschäftigt, gegen einen anderen Igel zu kämpfen**

Ежик был занят борьбой с другим ежом

**Das war eine ausgezeichnete Gelegenheit**

Это была отличная возможность

**Sie konnte einen Igel mit dem anderen krocketen**

Она могла крокет одного ежа с помощью другого

**Aber ihr Flamingo war auf der anderen Seite des Gartens**

Но ее фламинго был на другой стороне сада

**Der Flamingo war ziemlich tollpatschig**

Фламинго был довольно неуклюжим

**Ihr Flamingo versuchte, gegen einen Baum zu fliegen**

Ее фламинго пытался взлететь на дерево

**Sie packte den Flamingo am Bein**

Она схватила фламинго за ногу

**Und sie schob sich den Flamingo unter den Arm**

И она спрятала фламинго под мышку

**So konnte der Flamingo nicht mehr entkommen**

Таким образом, фламинго больше не сможет сбежать

**In diesem Augenblick traf Alice zufällig die Herzogin**

Как раз в этот момент Алиса случайно познакомилась с герцогиней

**Die Herzogin war nun aus dem Gefängnis entlassen worden**

Герцогиня вышла из тюрьмы

**Sie schob ihren Arm liebevoll unter Alices Arm**

Она нежно подложила руку под руку Алисы

**Und dann gingen sie zusammen fort**

А потом они ушли вместе

**Alice war sehr froh, sie in so angenehmer Laune zu finden**

Алиса была очень рада застать ее в таком приятном расположении духа

**Sie erschrak jedoch ein wenig**

Однако она была немного поражена

**Sie hörte die Stimme der Herzogin dicht an ihrem Ohr**

Она слышала голос герцогини близко к своему уху

**"Du denkst über etwas nach, meine Liebe"**

«Ты о чем-то думаешь, моя дорогая»

**"Und das lässt dich das Reden vergessen"**

«И из-за этого ты забываешь говорить»

**»Das Spiel geht jetzt etwas besser«, sagte Alice**

"Игра теперь идет гораздо лучше", - сказала Алиса

**Es war eine Möglichkeit, das Gespräch am Laufen zu halten**

Это был один из способов поддержать разговор

**»So ist es,« sagte die Herzogin**

— Это действительно так, — сказала герцогиня

**"Und die Moral davon ist folgende."**

— И мораль этого такова:

**"Es ist die Liebe, die alles macht!"**

«Это любовь, которая делает все!»
**"Liebe ist das, was die Welt bewegt"**
«Любовь – это то, что заставляет мир вращаться»
**Alice hatte eine andere Erklärung**
У Алисы было другое объяснение
**"Das macht jeder, der sich um seine eigenen
Angelegenheiten kümmert!"**
«Это делает каждый, кто занимается своим делом!»
**»Ah, gut! Du könntest Recht haben"**
— Ну, ну! Возможно, вы правы»
**»Es bedeutet alles ziemlich dasselbe,« sagte die Herzogin**
— Все это означает одно и то же, — сказала герцогиня
**und sie grub ihr spitzes kleines Kinn in Alices Schulter**
и она уткнулась своим острым маленьким подбородком в
плечо Алисы
**"Und die Moral davon ist folgende"**
«И мораль этого такова»
**"Kümmere dich um die Sinne"**
«Позаботьтесь о чувствах»
**"Und dann erledigen sich die Klänge von selbst"**
"И тогда звуки позаботятся о себе сами"
**Aber dann fing der Arm der Herzogin an zu zittern**
Но тут рука герцогини задрожала
**Alice blickte auf und da stand die Königin**
Алиса подняла голову и увидела королеву
**Die Königin hatte die Arme verschränkt**
Королева сложила руки на груди
**Und sie runzelte die Stirn wie ein Gewitter!**
И она хмурилась, как гроза!
**»Ich warne dich!« schrie die Königin**
— Честно предупреждаю, — закричала королева
**Und sie stampfte auf den Boden, während sie sprach**
и она топала по земле, пока говорила
**"Entweder dein Kopf oder ihr Kopf muss ausgeschaltet sein"**
«Либо твоя голова, либо ей голова должна быть оторвана»
**"Treffen Sie Ihre Wahl!"**
«Выбирай сам!»

"Und beeilen Sie sich"
«И поторопитесь»
**Die Herzogin traf ihre Wahl**
Герцогиня сделала свой выбор
**und in einem Augenblick war die Herzogin verschwunden**
И через мгновение герцогиня исчезла
**Da sprach die Königin zu Alice**
Затем королева обратилась к Алисе
"Weiter geht's mit dem Spiel"
«Давай продолжим игру»
**Alice war zu erschrocken, um ein Wort zu sagen**
Алиса была слишком напугана, чтобы сказать хоть слово
**und langsam folgte sie ihrem Rücken zum Krocketplatz**
И она медленно последовала за ней обратно на крокетную
площадку
**Die ganze Zeit stritt sich die Dame mit den anderen Spielern**
Все это время ферзь ссорился с другими игроками
»Hacken Sie ihm den Kopf ab!«
«Отрубите ему голову!»
"Hack ihr den Kopf ab!"
«Отрубите ей голову!»
"Hackt ihnen alle Köpfe ab!"
«Отрубите им все головы!»
**Bald waren alle Spieler in Gewahrsam**
Вскоре все футболисты оказались под стражей
**nur der König, die Königin und Alice blieben zurück**
остались только король, королева и Алиса
**Da ging die Königin, ganz außer Atem**
Затем королева ушла, совершенно запыхавшись
**und sie ging mit Alice fort**
и она ушла с Алисой
**Alice hörte, wie der König leise etwas sagte**
Алиса услышала, как король что-то тихо сказал
"Ihr seid alle begnadigt"
«Вы все прощены»
**aber plötzlich hörte man einen neuen Schrei**
Но вдруг раздался еще один крик

"Der Prozess beginnt!"
«Суд начинается!»
und Alice lief mit den andern
и Алиса побежала вместе с остальными

## Wer hat die Torten gestohlen?
Кто украл пирожные?
Der Herzkönig und die Herzkönigin saßen
Король и королева червей сидели
sie saßen auf ihrem Thron, als Alice ankam
они были на своем троне, когда появилась Алиса
Eine große Menschenmenge war um sie herum versammelt
Вокруг них собралась огромная толпа
Es gab allerlei kleine Vögel und Bestien
там были всякие мелкие птички и звери
Und da war das ganze Kartenspiel
И там была целая колода карт
Der Spitzbube stand in Ketten vor ihnen
Плут стоял перед ними, закованный в цепи
und auf jeder Seite war ein Soldat, der ihn bewachte
и с каждой стороны было по солдатам, чтобы охранять его
in der Nähe des Königs war das weiße Kaninchen
рядом с королем был белый кролик
Er hatte eine Trompete in der einen Hand
В одной руке у него была труба
Und in der andern Hand hielt er eine Pergamentrolle
а в другой руке у него был свиток пергамента
In der Mitte des Platzes stand ein Tisch
В самом центре двора стоял стол
Auf dem Tisch stand eine große Schüssel mit Torten
На столе стояло большое блюдо с пирогами
"Ich wünschte, sie würden den Prozess zu Ende bringen",
dachte Alice
"Жаль, что они не довели дело до суда", - подумала Алиса
"Dann könnten wir etwas von diesen Erfrischungen essen!"
«Тогда мы могли бы съесть немного этих угощений!»

**Der Richter war übrigens der König**
Судьей, кстати, был король
**und er trug seine Krone über seiner großen Perücke**
и он носил свою корону поверх своего большого парика
**»Das ist die Loge der Geschworenen!« dachte Alice**
"Вот это ложа присяжных", - подумала Алиса
**"Und diese zwölf Geschöpfe, ich nehme an, sie sind die Geschworenen"**
— И эти двенадцать созданий, полагаю, они и есть присяжные.
**einige waren Tiere, andere waren Vögel**
некоторые из них были животными, а некоторые птицами
**In diesem Augenblick schrie das weiße Kaninchen auf**
В этот момент белый кролик закричал
**"Schweigen im Gericht!"**
«Тишина в суде!»

»Herold, lesen Sie die Anklage!« sagte der König

"Герольд, прочтите обвинение!" - сказал король

Das weiße Kaninchen blies drei Stöße auf die Trompete

Белый Кролик трижды подул в трубу

dann entrollte er die Pergamentrolle

Затем он развернул пергаментный свиток

Und er las folgendes:

И он прочитал следующее:

"Die Königin der Herzen, sie hat ein paar Torten gebacken."

«Королева червей, она приготовила несколько пирогов».

"All das tat sie an einem Sommertag"

«Все это она сделала в летний день»

"Der Schurke der Herzen, er hat diese Torten gestohlen"

«Мошенник червей, он украл эти пироги»

"Und er hat diese Torten weit weg gebracht!"

«И он унес эти пироги далеко!»

»Rufen Sie den ersten Zeugen,« sagte der König

«Позовите первого свидетеля», — сказал король

und das weiße Kaninchen blies drei Stöße auf die Trompete

И Белый Кролик трижды трубил в трубу

»Bringt den ersten Zeugen!« rief er

«Приведите первого свидетеля!» — крикнул он

Der erste Zeuge war der Hutmacher

Первым свидетелем был шляпник

Er kam mit einer Teetasse in der einen Hand herein

Он вошел с чашкой в одной руке

Und in der anderen Hand hatte er ein Stück Brot und Butter

а в другой руке у него был кусок хлеба с маслом

»Du hättest fertig sein sollen,« sagte der König

— Вы должны были закончить, — сказал король

"Wann hast du angefangen?"

— Когда вы начали?

Der Hutmacher schaute sich den Märzhasen an

Шляпник посмотрел на походного зайца

Der Märzhase war ihm in den Hof gefolgt

Мартовский заяц последовал за ним во двор

Er war Arm in Arm mit dem Siebenschläfer gegangen

Он шел рука об руку с соней

**»Ich glaube, es war der vierzehnte März«, sagte er**

«Кажется, это было четырнадцатое марта», — сказал он

**»Geben Sie Ihre Aussage,« sagte der König**

"Дайте свои показания, - сказал король

**"Und sei nicht nervös, sonst lasse ich dich auf der Stelle hinrichten"**

«И не нервничай, а то я прикажу казнить тебя на месте»

**Das schien den Zeugen überhaupt nicht zu ermutigen**

Это, казалось, нисколько не воодушевило свидетеля

**Er rutschte immer wieder von einem Fuß auf den anderen**

Он то и дело переминался с ноги на ногу

**und er sah die Königin unruhig an**

И он с беспокойством посмотрел на королеву

**und in seiner Verwirrung biß er ein großes Stück aus seiner Teetasse**

и в смущении он откусил большой кусок от своей чашки

**Eigentlich wollte er von seinem Brot und seiner Butter beißen**

На самом деле он хотел откусить кусок от своего хлеба с маслом

**In diesem Augenblick fühlte Alice eine sehr merkwürdige Empfindung**

Как раз в этот момент Алиса почувствовала очень любопытное ощущение

**Sie fing an, wieder größer zu werden**

Она снова начала расти

**Der unglückliche Hutmacher ließ seine Teetasse fallen**

Несчастный шляпник выронил свою чашку

**und das Brot und die Butter fielen zu Boden**

и хлеб с маслом упал на землю

**und er fiel auf die Knie**

И он опустился на одно колено

**»Ich bin ein armer Mann, Eure Majestät,« begann er**

— Я бедный человек, ваше величество, — начал он

**»Du bist ein sehr schlechter Redner,« sagte der König**

— Вы очень плохо говорите, — сказал король

»Du darfst gehen,« sagte der König

"Ты можешь идти, - сказал король

und der Hutmacher verließ eilig den Hof

И шляпник поспешно покинул двор

»Rufen Sie den nächsten Zeugen her!« sagte der König

"Позовите следующего свидетеля!" - сказал король

Der nächste Zeuge war die Köchin der Herzogin

Следующим свидетелем была кухарка герцогини

Sie trug die Pfefferdose in der Hand

В руке она держала пепперницу

Und die Leute in der Nähe der Tür fingen auf einmal an zu niesen

И люди у двери вдруг начали чихать

»Geben Sie Ihre Aussage,« sagte der König

"Дайте свои показания, - сказал король

»Ich will nichts beweisen,« sagte die Köchin

— Я не дам никаких показаний, — сказала кухарка

Der König sah das weiße Kaninchen ängstlich an

Король с тревогой посмотрел на белого кролика

Und das weiße Kaninchen sprach mit leiser Stimme

И белый кролик заговорил тихим голосом

"Eure Majestät müssen diesen Zeugen ins Kreuzverhör nehmen"

«Ваше Величество должно подвергнуть перекрестному допросу этого свидетеля»

»Nun, wenn ich muß, so muß ich,« sagte der König

«Ну, если я должен, я должен», — сказал король

"Woraus bestehen Torten?"

«Из чего делают пироги?»

»Torten werden meistens aus Pfeffer gemacht«, sagte die Köchin

«Пироги в основном из перца», — сказал повар

Einige Minuten lang war der ganze Hof in Verwirrung

В течение нескольких минут весь двор пребывал в смятении

Schließlich ließen sie sich alle wieder nieder

В конце концов они все снова успокоились

**Aber da war die Köchin schon verschwunden**

Но к тому времени повар исчез

**»Macht nichts!« sagte der König**

"Ничего!" - сказал король

**"Rufen Sie den nächsten Zeugen in den Zeugenstand"**

«Вызовите к трибуне следующего свидетеля»

**Alice beobachtete das weiße Kaninchen, wie es an der Liste herumfummelte**

Алиса наблюдала за белым кроликом, пока он шарил над списком

**Sie können sich vorstellen, wie überrascht sie war, als sie das hörte, was sie als nächstes hörte**

Вы можете представить себе ее удивление от того, что она услышала дальше

**Mit lauter schriller kleiner Stimme rief er den Namen »Alice!«**

Во весь голос он выкрикнул имя: «Алиса!»

»Hier!« rief Alice
"Сюда!" - закричала Алиса
**Sie sprang in großer Eile auf**
Она вскочила в большой спешке
**und sie kippte die Geschworenenloge um**
и она опрокинула ложу присяжных
**und sie warf alle Geschworenen um**
и она опрокинула всех присяжных заседателей
**und sie fielen auf die Köpfe der Menge unten**
и они падали на головы толпы внизу
**Alice war in großer Bestürzung**
Алиса была в сильном смятении
**»Oh, ich bitte um Verzeihung!« rief sie aus**
"О, прошу прощения!" - воскликнула она
**»Der Prozeß kann nicht fortgesetzt werden,« sagte der König**
- Суд не может продолжаться, - сказал король
**"Die Geschworenen müssen wieder an ihre angestammten Plätze zurückkehren"**
«Присяжные должны вернуться на свои места»
**Er wiederholte den Befehl mit großem Nachdruck**
Он повторил приказ с большим акцентом
**und er sah Alice streng an**
и он строго посмотрел на Алису
**"Was weißt du über diese Ereignisse?" fragte der König Alice**
"Что ты знаешь об этих событиях?" - спросил король у Алисы
**»Ich weiß nichts von der Sache,« sagte Alice**
- Я ничего не знаю по этому поводу, - сказала Алиса
**Dann las der König aus seinem Buch vor**
Затем король прочитал отрывок из своей книги
**"Regel zweiundvierzig"**
«Правило сорок два»
**"Alle Personen, die mehr als eine Meile hoch sind, sollen das Gericht verlassen"**

«Все лица, находящиеся на высоте более мили, должны покинуть двор»
**»Ich bin keine Meile hoch,« sagte Alice**
— Я не выше мили, — сказала Алиса
**»Fast zwei Meilen hoch,« sagte die Königin**
«Почти две мили высотой», — сказала королева

**»Nun, ich weigere mich zu gehen,« sagte Alice**
- Ну, я отказываюсь идти, - сказала Алиса
**Der König erbleichte**
Король побледнел
**und er schloß hastig sein Notizbuch**
и он поспешно закрыл свою записную книжку
**»Überlegen Sie sich Ihr Urteil«, sagte er zu den Geschworenen**
«Обдумайте свой вердикт», — сказал он присяжным
**Er sprach mit leiser, zitternder Stimme**
Он говорил низким, дрожащим голосом
**Da sprach das weiße Kaninchen**

Тогда заговорил белый кролик
**"Es werden noch mehr Beweise kommen"**
«Еще больше доказательств впереди»
**und er sprang in großer Eile auf**
И он вскочил в большой спешке
**"Dieses Papier wurde gerade abgeholt"**
"Эту бумагу только что подхватили"
**"Es scheint ein Brief des Gefangenen zu sein"**
«Кажется, это письмо, написанное заключенным»
**Er faltete das Papier auseinander, während er sprach**
Говоря это, он разворачивал бумагу
**"Es ist doch kein Brief"**
— В конце концов, это не письмо.
**"Was es war, war eine Reihe von Versen"**
«То, что это было, было набором стихов»
**»Bitte, Eure Majestät,« sagte der Spitzbube**
— Пожалуйста, ваше величество, — сказал плут
**"Ich habe diese Verse nicht geschrieben"**
«Не я писал эти стихи»
**"und sie können nicht beweisen, dass ich etwas geschrieben habe"**
"и они не могут доказать, что я что-то написал"
**"Am Ende ist kein Name unterschrieben"**
«В конце нет подписи имени»
**Der König sprach mit dem Spitzbuben**
Король обратился к мошеннику
**"Du musst vorgehabt haben, Unheil anzurichten"**
«Ты, должно быть, хотел причинить какой-то вред»
**"Sonst hättest du wie ein ehrlicher Mann unterschrieben"**
«Иначе вы бы подписались как честный человек»
**Es gab ein allgemeines Händeklatschen**
Раздались общие хлопки в ладоши
**Und der König wandte sich an das weiße Kaninchen**
И король повернулся к белому кролику
**»Lest die Verse!« befahl er.**
— Читай стихи, — приказал он
**Es herrschte Totenstille im Gerichtssaal**

Во дворе воцарилась мертвая тишина
**und das weiße Kaninchen las die Verse vor**
И белый кролик прочитал стихи
**Sie sagten mir, du wärst bei ihr gewesen**
Они сказали мне, что ты был у нее
**Und sie erwähnten mich ihm gegenüber**
И они упомянули обо мне ему
**Sie gab mir einen guten Charakter**
Она дала мне хороший характер
**Aber sie sagte, ich könne nicht schwimmen**
Но она сказала, что я не умею плавать
**Er ließ ihnen wissen, dass ich nicht gegangen sei**
Он сообщил им, что я не поехал
**Wir wissen, dass es wahr ist**
Мы знаем, что это правда
**Wenn sie die Sache vorantreiben sollte, was würde aus dir werden?**
Если она будет настаивать на этом, что станет с вами?
**Ich gab ihr einen, sie gaben ihm zwei**
Я дал ей одну, они дали ему две
**Du hast uns drei oder mehr gegeben**
Вы дали нам три или больше
**Sie sind alle von ihm zu dir zurückgekehrt**
Все они вернулись от него к вам
**obwohl sie vorher meine waren**
хотя раньше они были моими
**Wenn ich oder sie die Chance haben sollte,**
Если мне или ей случится быть
**Wenn ich oder sie in diese Affäre verwickelt wäre**
Если бы я или она были вовлечены в это дело
**Er vertraut auf dich, dass du sie befreien wirst**
Он доверяет вам в том, что вы освободите их
**Genau so wie wir waren**
Точно такими же, какими мы были
**Ich hatte den Eindruck, dass Sie**
Я думал, что вы были
**Bevor sie diesen Anfall hatte**

До того, как у нее случился этот припадок

**Ein Hindernis, das dazwischen kam**

Препятствие, которое оказалось между

**Er und wir und es**

Он, и мы сами, и оно

**Lass ihn nicht wissen, dass sie ihr am besten gefallen haben**

Не говорите ему, что они ей понравились больше всего

**Denn dies muss für immer ein Geheimnis bleiben, das vor allen anderen verborgen bleibt**

Ибо это должно быть навсегда тайной, хранимой от всего остального

**Dieses Geheimnis muss ein Geheimnis zwischen dir und mir bleiben**

Эта тайна должна остаться тайной между тобой и мной

**Der König war sehr beeindruckt**

Король был очень впечатлен

**"Das ist das wichtigste Beweisstück, das wir bisher gehört haben"**

«Это самое важное доказательство, которое мы когда-либо слышали»

**»Ich glaube nicht, daß diese Verse auch nur ein Atom Bedeutung haben,« wandte Alice ein**

— Я не верю, что в этих стихах есть хоть капля смысла, — возразила Алиса

**der König hatte seine eigene Meinung zu dieser Angelegenheit**

у короля было свое мнение по этому поводу

**"Wenn diese Worte keinen Sinn haben, erspart das eine Menge Ärger"**

«Если в этих словах нет смысла, это спасает мир неприятностей»

**"Dann brauchen wir nicht zu versuchen, den Sinn zu finden"**

«Тогда нам не нужно пытаться найти смысл»

**"Lassen Sie die Geschworenen über ihr Urteil nachdenken"**

«Пусть присяжные обдумают свой вердикт»

**»Nein, nein!« sagte die Königin**

"Нет, нет!" - сказала королева

**"Erst die Verurteilung, dann das Urteil"**

«Сначала вынесение приговора, а потом приговор»

**"Zeug und Unsinn!" sagte Alice laut**

"Чепуха и чепуха!" - громко сказала Алиса

**"Wie dumm ist es, den Angeklagten zuerst zu verurteilen!"**

«Как глупо выносить приговор подсудимому первым!»

**»Schweige!« sagte die Königin und färbte sich violett an**

"Попридержи язык!" - сказала королева, побагровев

**"Ich werde nicht den Mund halten!" sagte Alice**

- Я не буду держать язык за зубами, - сказала Алиса

**schrie die Königin aus voller Kehle**

Королева закричала во весь голос

**"Hack ihr den Kopf ab!"**

«Отруби ей голову!»

**Niemand machte eine Bewegung**

Никто не сделал движения

**"Wen kümmert es, was du sagst?" sagte Alice**

"Какая разница, что ты говоришь?" - сказала Алиса

**Zu diesem Zeitpunkt war sie bereits zu ihrer vollen Größe herangewachsen**

К этому времени она уже выросла до своего полного роста

**"Du bist nichts als ein Kartenspiel!"**

«Ты всего лишь колода карт!»

**Bei diesen Worten hoben sich alle Karten in die Luft**

При этом все карты поднялись в воздух

**und alle Karten flogen auf sie herab**

и все карты полетели на нее

**Sie stieß einen kleinen Schrei aus**

Она слегка вскрикнула

**Sie war halb erschrocken, aber auch wütend**

Она была наполовину напугана, но и зла

**Und sie versuchte, sich gegen die Karten zu wehren**

И она попыталась отбить у себя карты

**Und dann fand sie sich auf der Grasbank liegend**

А потом обнаружила, что лежит на травяном берегу

**Ihr Kopf lag im Schoß ihrer Schwester**

Ее голова лежала на коленях сестры

**Einige abgestorbene Blätter waren auf ihrem Gesicht gelandet**

Несколько опавших листьев упали ей на лицо

**und ihre Schwester wischte vorsichtig die Blätter weg**

а ее сестра осторожно смахивала листья

**»Wach auf, liebe Alice!« sagte die Schwester**

"Проснись, Алиса, дорогая!" - сказала ее сестра

**"Was für einen langen Schlaf hast du gehabt!"**

«Как долго ты спал!»

**"Oh, ich habe so einen merkwürdigen Traum gehabt!" sagte Alice**

"О, мне приснился такой странный сон!" - сказала Алиса

**Und sie erzählte ihrer Schwester alles, woran sie sich erinnern konnte**

И она рассказала сестре все, что помнила

**all die seltsamen Abenteuer, von denen Sie gerade gelesen haben**

Все те странные приключения, о которых вы только что читали

**Alice stand auf und rannte davon**

Алиса встала и побежала прочь

**Und während sie lief, dachte sie an ihren Traum**

И пока бежала, она думала о своем сне

**"Was für ein wunderbarer Traum das gewesen war!"**

«Какой это был чудесный сон!»

www.ingramcontent.com/pod-product-compliance
Lightning Source LLC
Chambersburg PA
CBHW011044190726
48290CB00011B/3000